사와무라
스펜서
에리리
Eriri Spencer
Sawamura
카토
메구미
Megumi Kato
카스미가오카
우타하
Utaha Kasumigaoka

하시마
이즈미
Izumi Hashima
효도
미치루
Michiru Hyodo

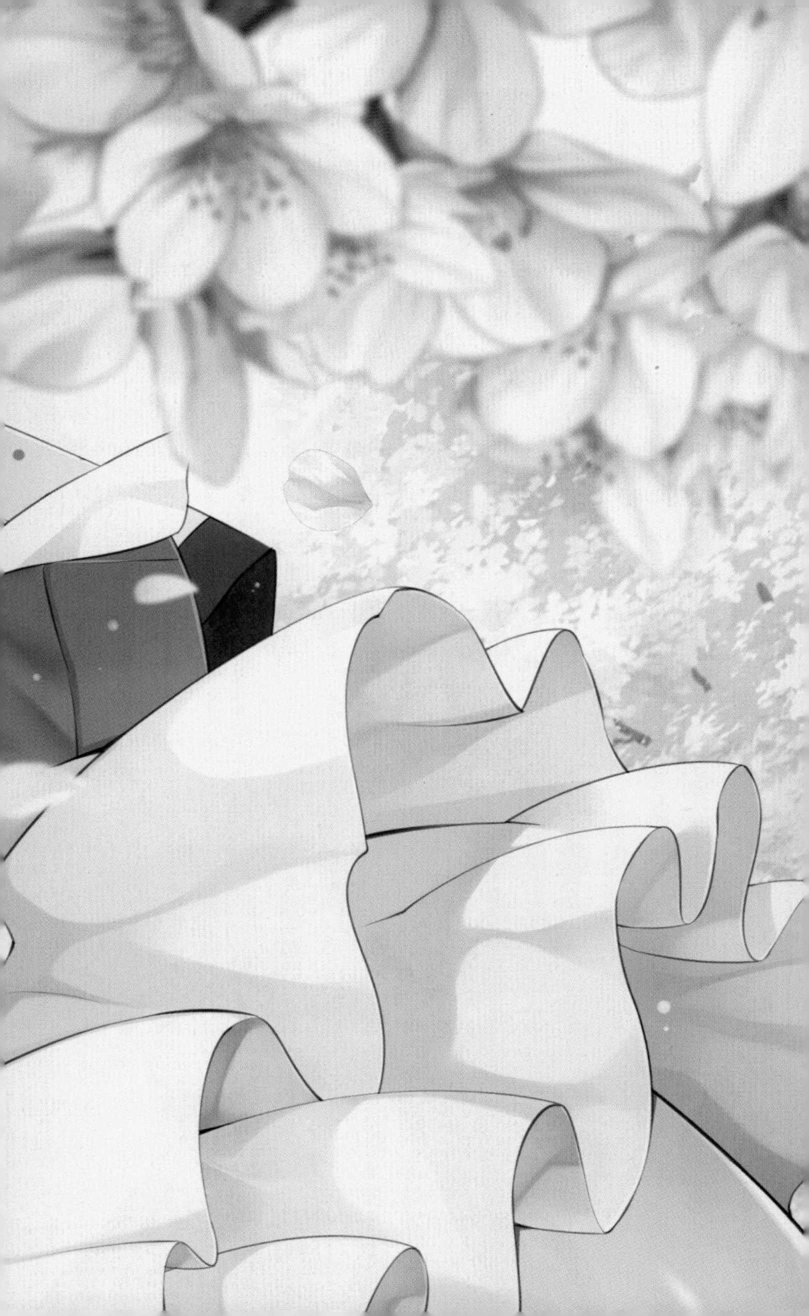

마루토 후미아키 = 지음
미사키 쿠레히토 = 일러스트
시원찮은
히로인
그녀를 위한 육성방법
FD2
카토
히로미
Hiromi Kato
Saenai heroine no
sodate-kata. FD2
Presented by Fumiaki Maruto
Illustration : Kurehito Misaki

시원찮은 그녀(히로인)를 위한 육성방법

FD 팬디스크 2

마루토 후미아키 지음
미사키 쿠레히토 일러스트
이승원 옮김

SPA iLLUSiON 13

사와무라 스펜서 가족의 휴일 33

리테이크의 저편 53

두 사람이 했던 한밤의 선택, 그 후 73

영광스러운 오타쿠의 개선 93

소중한 친구, 소중한 토모 113

그리하여 이야기는 끝나고, 우정이 시작되다 133

다섯 명의 화난 여자들 155

토요가사키 문화제 1일차 175

평행세계의 말맞추기 195

9년 전의 겨울방학 213

바로 돌아가지 않았던 그녀 231

카토 가족의 주말 251

극장판으로 이어지는 분기점 271

후기 287

blessing software

멤버명단

원화, 그래픽 담당

시나리오

기획, 프로듀서, 디렉터

음악

메인 히로인

Saenai heroine no sodate-kata. Fan Disk 2

Saenai heroine no
sodate-kata. FD2

Presented by Fumiaki Maruto
Illustration : Kurehito Misaki

SPA iLLUSiON

사와무라 스펜서 가족의 휴일

리테이크의 저편

두 사람이 했던 그 밤의 선택, 그 후

영광스러운 오타쿠의 개선

소중한 친구, 소중한 토모

그리하여 이야기는 끝나고, 우정이 시작되다

SPA iLLUSiON

"휴우~. 에리리, 아침에 온천을 즐기니 기분 좋지?"

"……으으으."

한가을을 맞이한 고원지대의 아침에는 쌀쌀하다고 느껴질 정도로 차가운 공기로 가득 차 있었다.

"예산이 조금 위험했지만 오길 잘했죠? 카스미가오카 선배."

"……우웁."

하지만 현재 그녀들의 있는 이곳의 차가운 공기는 온천의 따뜻한 온기로 감싸여 있었다.

"목욕 마치고 아침 먹고 나면 출발해야겠네……. 왠지 돌아가기 싫지 않아? 효도 양."

"……아야야야야~."

"……저기, 다들 내 말 듣고 있어? 나, 그렇게 존재감이 없는 거야?"

오전 여섯 시, 어느 온천여관의 노천온천.

리조트 느낌이 물씬 나는 시간대의 이 장소는, 현재 네 명의 여자애가 차지하고 있었다.

"메구미, 말 좀 작게 해……. 머리가 울린단 말이야."

금발을 트윈테일로 묶고 절대영역 어필용 니삭스를 입은 — 현재는 입욕 중이라 니삭스는 벗었다. — 소꿉친구 타입의 가짜 상류층 아가씨, 사와무라 스펜서 에리리.

"위ㅇ키 봉봉 좀 먹었다고 숙취를 하는 거야? 사와무라 양은 참 한심하네."

긴 흑발에 늘씬한 다리를 강조한 검은색 스타킹을 입은 — 현재는 입욕 중이라 검은색 스타킹을 입지 않았다. — 선배이자 독설하는 우등생, 카스미가오카 우타하.

"새파랗게 질린 얼굴로 그런 소리를 해봤자, 자기 얼굴에 먹칠하는 거나 다름없거든……?"

약간 독특한 쇼트 헤어스타일을 했고, 평소에 양말이나 스타킹을 입지 않는 — 현재는 입욕 중이라 당당히 안 입었다. — 친척이자 무방비 스킨십 아티스트, 효도 미치루.

"다들 과음…… 아니, 과식했나 보네."

그리고 지금은 포니테일이며, 항상 옷을 멋지게 소화하기 때문에 특징을 하나만 꼽을 수 없는 — 물론 지금은 입고 있지 않다. — 동급생이자 완전 무덤덤 노멀 소녀, 카토 메구미.

이 네 사람이 왜 아침부터 노천온천에서 속살을 훤히 드러내고 있느냐면, 이 미니 소설이 TV애니메이션 『시원찮은 그녀(히로인)를 위한 육성방법』 Blu-ray&DVD 1권의 팸플릿에 수록된 작품이라는 점을 고려해 「애니메이션 ○화를 본 다음에 읽어」라는 말 한 마디로 설명을 대신할까 한다 — 그냥 평범하게 설명하더라도 그 분량 자체는 크게 달라지지 않겠지만 —.

"그게, 카스미가오카 우타하가 부추기니까 무심코……."

에리리는 어제 일을 거의 기억하지 못하지만, 「알코올 분해 기능은 가슴에 집중되어 있으니까, 사와무라 양은 무리하지 않는 편이 좋을 거야」 라는 말도 안 되는 학설만은 어렴풋이 기억에 남아 있다.

"하지만 애초에 위스○ 봉봉을 가지고 온 사람은 바로 사와무라 양이잖아?"

우타하는 어제 일을 거의 기억하지 못했지만, 에리리가 가지고 온 여행 가방 중 하나에는 과자만 가득 들어 있었으며, 그걸 보고 이 합숙을 향한 그녀의 범상치 않은 열의를 느끼고 머리를 감싸 쥔 건 기억에 남아 있었다.

"그래도 맛있었어~. 나는 어제 처음 먹어봤는데, 한 개 먹자마자 하늘을 나는 것 같은 느낌이 들지 뭐야."

"효도 양은 한 개가 아니라 한 상자를 다 먹어치웠잖아……."

그리고 어제 일을 똑똑히 기억하고 있는 메구미도 미치루가 벗어던진 유카타를 자신이 몇 번이나 다시 입혀줬는지는 생각이 나지 않았다.

“그런데, 메구미. 어제 대체 무슨 일이 있었던 거야?”

“정신을 차리고 보니, 다들 뒤엉켜서 자고 있지 뭐야.”

“맞아! 너무 추워서 깼다니까~!”

“흐음, 다들 기억 못하는 구나. ……아키 군한테는 잘 된 일이네…….”

“나, 왠지 엄청 중요한 걸 본 것 같은 느낌이 드는데…….”

“나는 보기만 한 게 아니라 만져보기도…….”

“나는 「그딴 건 옛날부터 실컷 봤어~!」 하고 허세를 부린 것 같은 느낌이…….”

“저기, 다들 진짜로 기억 못하는 거야? 다 기억 하면서 시치미 떼는 거 아니지?”

그리고 어젯밤에 무슨 일이 있었는지도 「애니메이션 ○화를 본 다음에 읽어」라는 말 한 마디로 생략하겠다.

“으음, 그것보다 말이야. 마침 지금은 여자들뿐이니까, 우리끼리 이야기 하지 않을래?”

일단 화제를 돌리……는 게 아니라, 다들 숙취에서 벗어……난 것도 아니라, 다들 기운을 차렸을 즈음에 메구미가 말을 했다.

하지만…….

“나는 친구랑 그런 이야기를 나눠본 적 없거든?”

"나는 친구가 없어."

"진짜로 해도 돼? 학업 수준 낮은 여고 특유의 저속한 음담패설을 이 자리에서 늘어놔도 괜찮은 거야?"

"으, 으음~."

아무래도 이 자리에는 메구미가 생각하는 평범한 여자애는 없는 것 같았다.

"그것보다, 메구미는 왜 갑자기 그런 어울리지도 않는 소리를 하는 거야?"

"그, 그게, 『이 시리즈는 매 편마다 히로인들의 숨겨진 매력과 귀여움을 담는다』라고 기획 개요에 쓰여 있었거든."

"그건 무슨 기획의 개요야?"

"그, 그러니까, 으음…… 애니플○스의…… 아니, 우리가 만드는 미소녀게임의, 기획개요?"

"왜 의문형인데?"

아무리 매력적이고 귀여운 히로인일지라도, 그런 세세한 부분까지 캐묻지는 말아줬으면 한다.

"아무튼, 그런 평범한 이야기는 힘드니까…… 그냥 2차원 콘텐츠의 대화를 하는 건 어떨까?"

"2차원 콘텐츠……? 저기, 카스미가오카 선배. 그게 무슨……."

"애니메이션이나 미소녀게임의 온천 이벤트 하면, 그거잖아?"

"그거……라뇨?"

요염한 미소를 지은 우타하는 양손을 물 밖으로 꺼내더니, 손가락을 꼼지락거리며 다른 세 소녀를 살펴보기 시작했다.

"왜, 왜 그래……?"

그리고 그 뱀 같은 시선이 새하얀 피부를 지닌 금발 소녀를 조준했다.

"사와무라 양……."

"자, 잠깐만, 카스미가오카 우타하…… 너, 눈빛이 무시무시하거든? 대체 뭘 하려는 거야? 아직도 술기운이 남아 있는 거야?"

온천물에 거품이 일더니, 우타하의 몸이 물을 가르며 매끄럽게 앞으로 나아갔다.

그리고 어느새 에리리와의 거리를 좁히더니, 더욱 요염한 미소를 지었고…… 곧, 다시 냉정함을 되찾았다.

"……무리야. 애니메이션이나 미소녀게임의 온천 이벤트는 여자애들끼리 서로의 가슴을 주무르며 「와아, 에리리는 가슴이 참 부드럽네~♪」 같은 꺄아꺄아~ 우후후~한 발언을 하지만, 이렇게 평평하고 강철처럼 딱딱한 가슴을 주물러봤자……."

"긴 서론 끝에 한다는 말이 겨우 남의 가슴을 헐뜯는 거냐!"

다른 한 사람이 매우 흥분한 반응을 보이는데 반해…….

"그, 그그그그, 그리고 내 가슴이 정 불만이면, 효도 양이나 메구미한테 하면 되잖아!"

"효도 양한테 그랬다간 반격으로 내 가슴을 주무를 게 뻔하고, 카토 양한테 그런 짓을 해봤자 「아, 빨리 끝내주세요」 같은 소리나 할 게 뻔해."

"저기, 카스미가오카 선배. 아무리 저라도 그런 반응은 보이지 않거든요?"

"하지만 카토 양, 2차원 콘텐츠같은 온천 이벤트가 아니라 일반 사람들의 대화 같은 건 이 커뮤니케이션 장애 집단에겐 너무 어렵지 않을까?"

"아니 잠깐! 나는 본성을 숨길 정도의 커뮤니케이션 능력이 있거든?!"

"나는 친구와 밴드 활동 중이야. 진짜로 커뮤니케이션 장애인 건 선배뿐일걸?"

"…………나는 커뮤니케이션을 못하는 게 아니라, 주위에 한심한 인간들이 너무 많아서 그럴 필요성을 느끼지 못하는 것뿐이야. 즉, 이건 창작의 신이 나에게 준 재능의 대가라고나 할까, 천재의 고독……."

"아, 예. 죄송해요, 카스미가오카 선배. 제가 잘못했어요. 사과할 테니까, 화 푸세요."

"저기, 메구미. 평범한 애들은 보통 어떤 이야기를 해?"

"그게, 으음…… 옷이나, 쇼핑이랄까……."

“화제는 뭐든 상관없으니까, 자기주장을 굽히지 않고 밀어붙이다, 상대방에게 부정당하면 감정론으로 상대방의 인격까지 부정해주고, 다른 친구를 포섭해서 적대하는 상대를 왕따시키며 음습하게 괴롭히지 않을까?”

“……카스미가오카 선배? 제가 아까 사과했잖아요?”

“아, 우리 밴드에서는 남자 이야기를 자주 해~.”

“나, 남자?!”

그런 와중에 미치루의 입에서 — 러브 코미디다운 — 정석적인 한 마디가 튀어나오자, 에리리는 온몸이 새빨갛게 달아올랐다.

“응. 우리 중에 유일하게 애인이 있는 에치카의 자랑이 메인이긴 해. 한심하기 그지없는 이야기를 정말 즐거운 듯이 늘어놓는다니까~. ……그리고 다들 그런 에치카를 질투해서 태클을 걸며 시끌벅적하게 떠들어대~.”

“남자…….”

“하지만 우리가 공통적인 화제로 삼을 만한 남자애라면…….”

흥분한 것 같은 다른 두 사람의 반응을 쳐다보고 있던 우타하와 메구미는 아침노을로 물든 하늘을 쳐다보았다. 그런 두 사람의 표정은 정말 똑같았다…….

“아, 맞다. 아키 군은 지난 주말에 『호박색 콘체르토 FD(팬디스크)』

의 이벤트 한정판을 손에 넣었나봐. 코믹마켓 때는 수량이 너무 적어서 밤샘 대기자들도 사지 못했던 슈퍼 레어 아이템이래."

"메구미……."

"카토 양……."

"카토, 그건 남자애 이야기라기보다……."

"아, 으음, 미안해. 요즘 서클 활동이 생활의 중심이 되어 버린 바람에, 나까지 평범한 대화를 하는 법을 까먹은 것 같네……."

"아까 메구미가 한 말 때문에 그러는 건 아닌데, 역시 우리가 남자애 이야기를 하는 건 무리야……."

"맞아……. 우리 모두가 아는 남자애가 한 명밖에 없으니까 말이지."

"게다가 완벽한 2차원 오타쿠잖아~."

방금 우타하와 메구미가 머릿속에 떠올린 한 안경남의 얼굴은 현재 이 자리에 있는 이들 모두의 머릿속에 떠올라 있었다.

"……메구미, 그런 녀석 이야기를 즐겁게 나누자는 거야? 대체 어떻게 말이야?"

"그, 그게…… 그러니까, 으음……."

"애초에 그 인간(윤리 군)은 2차원, 그것도 전연령 콘텐츠에만 흥미가 있잖아?"

"저기, 카스미가오카 선배. 그 전연령 운운이 문제가 되는 건가요?"

"탁구로도 프로레슬링으로도 나한테 이긴 적이 없는걸~."

"효도 양, 체력 승부에서 좀 벗어나주면 안 될까?"

"하지만 그렇게 제멋대로에, 섬세함이라고는 눈곱만큼도 없고, 남의 마음을 전혀 몰라주는, 나쁜 의미에서 전형적인 오타쿠 이야기를 즐겁게 나누는 건 무리야."

"맞아. 작가의 마음과 의도 같은 걸 무시한 채, 그저 자기한테 제공된 것을 꿀꺽대며 즐기기만 한 걸로 모자라 멋대로 마침표를 찍어버리는 소비형 오타쿠 따위는 거론할 가치도 없어."

"그래. 자기 잣대만 멋대로 강요하면서 폭주한 끝에, 전혀 관심 없는 사람을 억지로 자기 일에 끌어들이는 그런 제멋대로인 애는 딱 질색이야."

"다들 남자 이야기를 하고 있네요."

"8년 전에 다퉜던 일 가지고 아직도 앙심을 품고 있다는 게 말이 돼?"

"얼간이 주제에 고집은 세다니까."

"어릴 적에는 심지가 굳은 편이었는데, 지금은 나약 그 자체야~."

"아, 아하하……."

"게다가 남의 노력을 인정하려고 하지도 않아……. 왜 내가 그 녀석의 넘버원 일러스트레이터가 아닌 건데?!"

"그의 넘버원 작가가 되어봤자 좋을 건 없어……. 어차피 그가 사랑할 수 있는 건 작품뿐이거든."

"맞아. 입으로는 열정적인 말을 늘어놓지만~, 그건 내가 아니라 내 음악을 향한 말이야~. 사람을 착각하게 만드는 그 말주변도 짜증나~."

"……잠깐만, 그『열정적인 말』이라는 게 대체 뭐야?"

"……효도 양, 그때 들은 말을 토시 하나 빠뜨리지 않고 알려줘."

그리고, 드디어 이 노천온천 안에서 걸즈 토크다운 대화가 이뤄지기 시작했다.

"뭐?!"

"너, 너를…… 워, 원해……?"

"어때~? 그런 말을 듣는다면 내 몸을 원하는 거라고 생각하는 게 당연하지 않아?"

"자, 잠깐만! 그런 직설적인 표현 쓰지 마, 효도 미치루!"

"들은 거야? 진짜로 그런 말을 들은 거야?! 효도 양!"

"저, 저기~, 으음, 두 사람 다 이제 그만……?"

하지만 그 말에는 약간의 어폐가 있으며…….

"하지만~, 결국 그건 내 곡을 원한다는 소리였어……."

"너, 너를…… 너를 원해…… 원해원해원해……!"
"윤리 군이 윤리를 일탈…… 절륜 군이 현실 세계에 나타나고……?"
"저, 저기~, 지금은 우리 밖에 없지만, 여기는 공공장소거든요?"
"왜, 왜 내가 아니라 네가 그런 말을 들은 건데?! 효도 미치루!"
"역시 친척이라 그런 거야? 그냥 가볍게 서로에게 장난 좀 치다보니 분위기가 야릇해져서「저기, 그러고 보니 부모님이 오늘 늦게 돌아온댔지?」같은 소리를 하며 눈빛을 교환하는……."
"이, 이야~, 역시 그런 걸까? 실은 그 말에는 토모의 본심이 섞여있었다거나? 아, 아하, 아하하하하~."
"……그 얼간이 토모야가 그랬을 리가 없어."
"……이 발랑 까진 폭주 아가씨는 착각 속에서 사나 보네."
"내가 착각하도록 너희가 유도했잖아!"
그것은 애니○렉스…… 아니, 메구미가 추구한『히로인들의 숨겨진 매력과 귀여움』이 아니라, 미치루가 말한『학업수준 낮은 여고의 저속한 음담패설』이었다.

"하아, 이래 가지고는 결론이 나지 않겠어! 그냥 토모를 찾아가서 직접 물어보는 게 어때~?"

"바라는 바야, 효도 미치루!"

"너의 그 친척이니까 뭐든 오케이라는 거만한 생각을 오늘 완전히 박살내주겠어."

"몇 시간 전에도 똑같은 짓을 했지 않아……? 그리고 다들 일어날 거면 하다못해 수건으로 몸을 좀 가려……."

온몸이 새빨개진 세 사람은 욕조 안에서 당당히 몸을 일으키더니, 그대로 서로를 격렬하게 노려보았다.

"괜찮아, 메구미……. 지금은 다들 맨 정신이야."

"하나도 괜찮지 않아. 온천물 안에 너무 오래 있어서 제정신이 아닌 것 같은데? 에리리는 완전히 판단력을 잃은 것 같거아."

"이번에야말로 그때 보고 만졌던 것을 기억에 똑똑히 새기고 말겠어……."

"똑똑히 기억하고 있죠? 카스미가오카 선배는 이미 기억에 새겨둔 거죠?"

"좋아~. 아침부터 다 같이 뒤엉켜서 난장판을 벌여보는 거야~!"

"효도 양, 제발 부탁이니까 저 두 사람을 도발하지 좀 마……."

온몸에서 김이 피어오르고 있는 건 온천물의 열기 때문인지, 아니면 다른 이유 때문인지는 그 누구도 알 수 없었다. 아마도…….

"그, 그리고, 한밤중에 두 번이나 깨우는 것도 아키 군에게 미안하잖아……."

"아…… 그, 그것도 그래……."

"하지만 이미 해도 떴으니까, 슬슬 일어났을 가능성도 있지 않을까?"

"그건 무리예요……. 아키 군은 다섯 시 넘어서 방에 돌아왔잖아요."

메구미는 달아오른 열기를 식히려는 건지, 세 사람을 끈질기게 설득했다.

하지만…….

"……카토는 어째서 토모가 방에 돌아온 시간을 알고 있는 건데?"

"어?"

메구미는 원만하게 사태를 수습하려던 나머지, 치명적인 실수를 범했다.

"그러고 보니 어렴풋이 기억이 나. 당신이 방에 돌아온 것도 새벽 다섯 시 즈음이었지?"

"어? 어?"

"메, 메구미……? 뭐가 어떻게 된 거야……?"

"어? 어? 어?"

"어, 잠깐만 대체 뭐가 어떻게 된 건데~?"

“그러고 보니 사천왕 중에는 말이야……. 항상 온화하게 행동하며 남들을 말리는 척 하지만, 실은 몰래 더러운 짓거리를 해대는 배신자가 꼭 있어……”

“마, 말도 안 돼, 메구미……. 너는 내 절친인 줄 알았는데……?!”

“에이, 말도 안 돼요. 여러분이 생각하는 그런 일은 전혀, 절대, 눈곱만큼도 없었어요……”

어마어마한 위험을 감지한 메구미가 수건으로 몸을 가리며 몸을 일으키더니 그대로 도망치려 했다.

하지만…….

“카토, 놓치지 않을 거야……”

“효, 효도 양……”

사천왕 제일의 무투파인 미치루가 재빨리 메구미를 막아섰다.

“포기해, 카토 양……. 당신은 도망칠 수 없어.”

“카스미가오카 선배……”

그리고 사천왕 중에서 제일 똑똑한 우타하가 교묘하게 메구미의 등 뒤에 섰다.

이렇게 되면, 배신을 한 게 들통…… 아니, 오해를 산 메구미가 할 수 있는 일은 없다…….

“자, 절친인 네가 결판을 내는 거야……. 해치워버려! 사천왕 중 최약체! 사와무라 스펜서 에리리!”

"메구미이이이이~!!!"

"자, 잠깐만, 에리리? 너 지금 무엇을…… 꺄아아아아~."

그리고 드디어, 독자 여러분이 기대하시던 아름다운 미소녀들의 꺄아꺄아~ 우후후~한 이벤트가 시작됐다. 페이지 문제로 상세한 묘사는 생략하도록 하겠습니다.

※ ※ ※

"으으으으으……."

그리고 몇 분 후…….

비참한 말로를 맞이한 배신자는 온천물에 둥둥 떠 있었다.

"다, 다들…… 이건 좀 심하지 않아? 으으으……."

"이야~, 그래도 카토는 오늘 캐릭터성이 살아서 좋지 않아~?"

"맞아. 그렇게 제대로 된 반응을 보일 줄은 몰랐네……. 당신이라면 스마트폰을 만지작거리면서 「아, 이제 끝났어요?」 하고 담담하게 말할 줄 알았어."

"저기, 죄송한데요. 저는 지금 진짜로 화내도 될 것 같은데요, 어떻게 생각하세요?"

"으, 으으……. 너무해, 정말 너무해, 메구미~."

"그리고 에리리도 연기 좀 그만하는 게 어때?"

뭐, 그래도 격렬한 고문(간지럼 형벌)을 어찌어찌 견뎌낸 메구미는 새빨개진 몸을 다시 온천물에 담그더니, 휴우 하고 요염한 한숨을 내쉬었다.

"아…… 의도한 건 아니지만 적당히 운동을 해줬으니, 아침밥이 정말 맛있을 것 같아……."

"그건 그렇고, 카토 양은 오늘 쓸데없이 꿋꿋…… 아니, 긍정적이네."

"그야 이 상황을 부정적으로 여기면 답이 안 나오잖아요."

"그게 아니라, 이 합숙을 오고 나서…… 아니, 요즘 들어서, 당신은……."

"아…… 예."

우타하의 지적에 에리리, 미치루, 그리고 분명 토모야도 공감할 것이다.

이 합숙을 제안한 사람은 물론 토모야였다.

하지만, 합숙이 결정된 후, 준비를 거의 도맡다시피 한 사람은 바로 메구미다.

로케이션 장소의 선정, 여관 수배, 일정 조율…….

자기 생각을 늘어놓고 뒷일을 생각하지 않는 토모야를 돕고, 남자의 생각이 미치지 않는 여자의 문제도 고려하며, 지금도 이렇게 다른 멤버들의 완충재 역할을 했다. ……뭐, 말을 실수한 바람에 상황을 약간 악화시키기도 했지만 말이다.

"그야 재미있으니까요."

"메구미……."

하지만 그런 고생을 전혀 겉으로 드러내지 않을 뿐만 아니라, 무덤덤하면서도 온화한 미소를 지으며 상대방의 말에 답했다.

"마치 항상 문화제 준비를 하고 있는 것 같아서, 재미있어요."

"그래도 게임의 완성이 임박하면, 지금보다 더한 지옥이 시작될 거야야."

"하지만 그 지옥을 넘어선다면, 엄청 기쁘겠죠?"

"카토……."

"그러니까 에리리도, 카스미가오카 선배도, 그리고 효도 양도, 크리에이터로 계속 활동하고 있는 거잖아요?"

그렇게 말한 메구미의 미소를 본 순간, 다른 이들은 생각했다.

저 온화하면서도 흔들림 없는 표정은 지금은 사람들의 기억 속에서 사라진 현모양처라는 멸종 동물을 연상케 했다…….

하지만 그 말을 했다간 또 한바탕 소동이 일어날 것이 뻔하기에 다들 입을 다물고 있었다.

"그러니까 앞으로 두 달간…… 다 같이 힘내요……."

"그래. 이 합숙을 통해 비주얼 이미지를 굳혔으니까…… 돌아가는 열차 안에서 러프를 그려야겠어."

"최종결전 시나리오도 내 머릿속에서 완성됐어……. 도쿄에 도착할 즈음에는 플롯을 완성할 수 있을 거야."

"아, 그럼 나도 기차 안에서 엔딩곡을 만들어야지!"

"하지만 너는 기타를 안 가지고 왔잖아."
"맞다~. 젠장, 아쉽네! 그럼 기차 안에서 안 까먹도록 멜로디를 흥얼거릴래!"
"절대로 하지 마."
"그럴 거면 당신 혼자만 따로 앉아."
"뭐~, 너무해~!"
"아하하……."
그런 메구미의 마음이 전해진 건지 지금 네 사람은 똑같은 표정을 짓고 있었다.

아침햇살이 노천온천 안을 비췄다.
그 눈부신 빛을 쬐며 그녀들은 마지막으로 조용히 맹세했다.
"우리 손으로…… 최강의 게임을 만드는 거야."
"뭐, 내 시나리오라면 문제없어."
"내 노래로 다들 울려버리겠어."
메구미는 그런 그녀들의 표정이 자신만만하고, 강렬하며, 또한 믿음직해 보였다…….
"응. 우리 서클이 공중 분해되는 일도 없을 거야."
"……."
"……."
"……."
"어? 잠깐만. 왜 다들 입을 다무는 거야? 괜찮은 거지?

우리, 앞으로도 쭉 함께할 거지?"

사와무라 스펜서 가족의 휴일

"에리리? 벌써 일어났니? 오늘은 일찍 일어났구나."

"아, 엄마……. 좋은 아침이야."

새 학기가 시작된 화창한 봄의 토요일 아침.

따뜻한 잠자리에서 늦잠이 자고 싶어지는 휴일 아침이지만, 에리리는 거실 소파에 앉아서 텔레비전 화면을 보고 있었다.

"오, 에리리! 좋은 아침이구나!"

"아빠, 좋은 아침이야."

넓은…… 진짜로 넓고 호화로운 거실에는 휴일 아침이라 그런지 고용인들이 없었다. 하지만 어찌된 영문인지 세 사람이 — 에리리와 부모님 — 사이좋게 거실에 모여서 텔레비전을 보고 있었다.

정확하게는 에리리가 하고 있는 게임 화면을 보고 있었다.

"그런데, 뭘 플레이하고 있는 거니?"

"으음~, 『호박색 콘체르토』 P○3버전이야."

"오오! 아빠는 이 게임의 오리지널 PC버전을 가지고 있단다!"

"알아. 전에 빌려서 플레이했었잖아."

평범한 가족이라면 이 상황에서 「뭐하니?」, 「게임」, 「흐음」 정도의 대화만 나누겠지만 이 가족에게 그런 평범함을 요구해선 안 된다.

하지만 그 『독특함』도 그들이 엘리트 영국인 외교관을 아버지로 둔 국제 가족이기 때문이 아니며…….

"뭐?! PC버전에서는 서비스 에로 신도 없었던 ○학생 여동생이 공략대상인 추가 시나리오가 있는 거니?!"

……아버지가 마○오 같은 처지 및 말투이기 때문도 아니다.

"하지만 여보? 콘슈머 버전에서는 에로 신이 전부 삭제돼. 아무리 추가 시나리오의 완성도가 뛰어나더라도, 『호박색 콘체르토』처럼 스토리와 에로가 밀접하게 연관되는 작품에서 에로 신이 빠진다면 매력이 반감되지 않을까?"

"그래도 신경이 쓰이는걸……. PC 에로 게임 버전에서 여동생은 항상 주인공을 질색했거든. 대체 어떤 식으로 스토리가 전개될지 정말 궁금해!"

"……으음, 모든 캐릭터를 클리어 해야만 추가 시나리오에 들어갈 수 있으니까, 지금 바로 그 시나리오를 플레이할 수는 없거든?"

그저, 가족 전원이 중증 오타쿠일 뿐이다…….

레너드 스펜서.

Sir나 윈스턴 같은 걸 붙이면 처칠이 되어버릴 것 같은 격조 높은 이름을 지닌 이 사와무라 스펜서 가문 당주인 영국인은 모에 오타쿠다.

평일에는 영국 외교관으로서의 업무에 힘쓰고, 그 지위에 걸맞은 몸가짐을 보여준다. 하지만 휴일에는 체크무늬 셔츠와 청바지 차림으로, 평범한 오타쿠 외국인 관광객 같아 보이는 오버 리액션을 선보이며 아키하바라를 활보한다.

물론 등에 멘 가방에는 특대 포스터 통이 빔 사벨처럼 꽂혀 있다.

20년 넘게 일본에서 살았기에 매우 유창한 일본어를 구사하며, 또한 『오타쿠 콘텐츠를 즐길 거면 일본어만 알면 된다』는 교육방침(?) 탓에 딸의 영어 성적이 엉망인 점에 대해 어떻게 여기는지는 영원한 수수께끼다.

사와무라 사유리.

왕년의 유명 여배우를 연상케 하는 아름다운 이름을 지닌 이 사와무라 스펜서 가문의 주부는 동인녀다.

평일에는 외교관 부인으로서 남편을 보조하고, 가정환경에 걸맞은 몸가짐을 보여준다. 하지만 휴일에는 화려한 기모노 차림으로 이벤트 및 라이브 행사장에 가서 스트레스를 풀고 있는 연령미상의 명물 누님으로 널리 알려져 있다.

사○라이 트○퍼와 캡○ 츠○사 때부터 동인에서 활동하며 어마어마한 BL 내공을 쌓았고, BL뿐만 아니라 로리와 중년 여성물도 ― 작풍만이 아니라 자신의 캐릭터 설정까지 ― 전부 소화하는 그 넓은 도량 탓에, 딸의 취향이 성인물 쪽으로 치우치고 말았다는 점에 대해 어떻게 여기는지는 영원한 수수께끼다.

그리고 사와무라 스펜서 에리리.

고급 식재료를 썩힌 것 같은 부모님의 DNA를 충실히 이어받은 덕분에 인형처럼 완벽한 외모, 그리고 그 외모에 어울리지 않는 골 때리는 성격과 작풍을 지니게 된 여고생 동인 작가다.

"어? 에리리, 방금 그 선택지는 꽤 중요한 것 아니니?"

"알아, 아빠. 나도 몇 번이나 플레이해봤거든."

"알면서도 그걸 골랐다는 건 학교 편으로 가겠다는 거니?! 『호박색 콘체르토』의 매력은 저택 히로인들이잖아!"

"그렇게 평가하는 사람은 당신뿐이야. 저택 편은 에로하기만 하고 시나리오가 허술한 망작이잖아. 그쪽이 전연령인 콘슈머 버전에서 재미있을 리가 없어."

"……에리리, 사유리, 내 말 잘 들어봐. 왕도를 몰라선 좋은 작품을 만들 수가 없어."

"뭐, 아빠의 왕도는 특정 성향에 치우쳐 있지만 말이야. 메이드라든가, 메이드복, 그리고 봉사 플레이 같은 거 말이야."

"호, 혹시나 해서 말해두겠는데, 내가 흥미가 있는 건 2

차원의 메이드란다! 우리 집에서는 3차원 메이드 분들이 일을 하고 있는 만큼 그 점은 확실하게 해둬야 해!"

다양한 속성이 꽉꽉 들어찬 이 가족은 에로 게임의 콘슈머 이식판에 대해 열정적으로 이야기꽃을 피우고 있었다. 남들에게 보여주기는 좀 그렇지만 그래도 화목하고 훈훈해 보이는 광경이었다.

……뭐, 너무 잘 지내고 있는 탓에 에리리의 교우관계의 폭이 좁아지고 말았다는 점에 대해 부모님이 어떻게 여기는지는 결국 영원한 수수께끼다.

"참, 에리리? 이거 초판 한정으로 예약 당일에 순식간에 매진되어서 난민이 속출했고, 지금도 인터넷 경매 사이트에서 평균 5만 엔이 넘는 가격에 거래되는 슈퍼 레어 아이템이지?"

"으, 응……."

"에리리는 절대 야○옥션을 안 하는 착한 아이인데…… 대체 어떻게 이걸 손에 넣은 거니?"

"그게, 치, 친구한테 샀다고나 할까……."

""친구?!""

에리리가 딱히 문제될 것 없다는 그 한 마디를 입에 담자, 아버지와 어머니는 격렬한 반응을 보였다.

"그, 그래……. 에리리도 미소녀게임을 같이 즐기는 친구가 생겼구나!"

"집에 꼭 데려오렴! 다 같이 밤새도록 게임을 하는 거야!"

"으, 으, 응……. 다음에 데려올게."

그들은 자신들의 딸이 학교에서 어떻게 여겨지고 있는지 알고 있다.

미술실에서는 기대되는 에이스. 교실에서는 넘버원 미소녀. 교무실에서는 거액 기부자 상류층 아가씨.

하지만 그들은 그런 평판에 가려 드러나지 않는 진실이 존재한다는 것도, 어렴풋이 느끼고 있었다.

"그런데 어떤 애니? 같은 반 친구? 부활동 친구? 혹은 선배나 후배?"

"아니면 오프 모임에서 알게 된 사람이니? 혹시 아직 온라인으로만 이야기를 나눠본 정체불명의 시크릿 히로인……?"

"으, 으음……."

에리리가 고등학교에 진학한 후…… 아니, 정확하게는 중학교에 들어가고 나서부터…….

그들 두 사람은 에리리의 친구와 한 번도 만난 적이 없었다.

딸이 교내 혹은 미술부에서 있었던 일을 이야기해줄 때, 때때로 친구 같은 인물의 에피소드가 언급되기도 한다. 하지만 그 인물에 대해 즐겁게 이야기하거나, 혹은 험담을 한 적은 한 번도 없다.

게다가 에리리가 학교에서 사귄 친구의 이름을 입에 담은 적은 그들이 기억하기로 단 한 번도 없었다.

“마, 맞아. 여보, 내일이라도 그 친구의 집에 우리가 인사를 하러 가는 건 어떨까?”

“그, 그래! 내일은 외무관료와 회합을 가지기로 했지만, 그런 건 펑크 내도…….”

“자, 잠깐만! 두 사람 다 폭주하지 말아줄래?!”

그래서 몇 년 만에 에리리에게서 친구가 있다는 말을 듣고 이렇게 격렬한 반응을 보이는 것도, 부모님이니 어쩔 수 없었다.

옛날에는 있었다. 매일같이 식탁에 둘러앉을 때마다 에리리가 그 날 있었던 일…… 그 날, 『친구』와 있었던 일을 물어보지도 않았는데 눈을 반짝이며 들려주던 나날이 말이다.

“게, 게다가 아빠와 엄마가 모르는 사람도 아니야……. 그러니까 이제 와서 따로 인사를 할 필요 없어…….”

“……우리가 아는 애니?”

“하지만 짚이는 사람이 없는데…….”

“그, 그 이야기는 이제 그만 하고…… 그냥 게임이나 계속하자.”

“……어?”

“……어?”

부모님이 고개를 갸웃거리면서 자신들의 사이에 있는 딸을 쳐다보고 있을 때, 이번에는 당사자인 에리리의 반응이 극적으로 변했다.

컨트롤러를 쥔 손이 떨리기 시작했고, 고개를 점점 숙였지만, 새빨개진 귀만 봐도 그녀가 어떤 표정을 짓고 있는지 알 수 있었다.

"아!"

"아!"

그래서 부모님은 『혹시 우리는 엄청난 착각을 한 것일지도 모른다』는 생각에 이르렀다.

"혹시…… 토모 군이야?"

"토모야 군이니?!"

"윽……."

그렇다. 두 사람은 동성친구, 최근에 생긴 친구 같은 고정개념…… 아니, 고정관념에 사로잡혀 있었다.

방금 자신들의 머릿속에 떠오른 첫인상을 소중히 여겼어야 하는 것이다.

"그, 그럼 에리리는 드디어 토모 군과 화해한 거구나?"

"화, 화해 안 했어!"

……뭐, 방금 반응은 자신들의 딸이 초등학생 시절 이후로 『전혀 성장하지 않았어…….』라는 점을 가리키지만 말이다.

"화해를 안 했다니…… 그럼 이 게임을 준 사람은 토모야 군이 아닌 거니?"

"아니야! ……그리고 돈도 줬단 말이야."

"뭐야. 그럼 토모 군이 맞는 거네."

아냐 그런 게 아니란 말이야

"아댜~, 끄런 께 아니난 마리야~."

역시 두 사람의 딸은 초등학생 시절 이후로 전혀 성장하지 않은 것 같았다…….

"그래. 토모야 군이구나. 왠지 반가운걸."

"초등학생 때는 자주 놀러왔는데, 언제부턴가 오지 않게 됐잖아……."

"그, 그게…… 4학년 때부터 반이 달라졌고 취향도 달라져서……."

에리리는 어릴 적부터 부모님과 쭉 양호한 관계를 쌓아왔지만, 그런 부모님에게도 솔직하게 말하지 못한 일이 있었다.

그것은 바로 그녀에게 있어 앞으로 없을 소꿉친구인 그와 결별하게 된 이유다.

서로의 취미 및 취향이 달라졌기 때문이 아니라, 너무 잘 맞았기 때문에 생겨난 알력 때문에 멀어질 수밖에 없었던 것이다.

"그런데, 왜 이제 와서 화해를 한 거지?"

"그, 그게…… 갑자기 가까워진 게 아니라, 1학년 때부터 점점……."

"점점? 그럼 서서히 가까워졌다는 거야? 화해를 하고, 다시 오타쿠 친구 사이로 돌아간 후, 이윽고 오타쿠 커플이……."

"뭐?!"

"여보!"

"사유리!"

""책임, 져줘야겠어~!""

"아, 아, 아니야! 그, 그런 게 아니란 말이야~!"

"……게임 서클?"

"동인 미소녀게임을 만드는 거구나?"

"진짜 정신 나간 것 같지?"

결국 말도 안 되는 오해를 풀기 위해 에리리는 개학식 날 있었던 일을 부모님에게 이야기했다.

아니, 두 사람을 진정시키기 위해서는 이야기할 수밖에 없었다.

"그 녀석, 자기는 그림도 시나리오도 음악도 못 만들거든? 그런데 어려운 건 남한테 다 떠넘기고, 자기는 프로듀서니 디렉터 같은 거드름 피우기나 하는 간단한 일이나 하면서 이름 좀 날리겠다지 뭐야……."

에리리의 프로듀서 및 디렉터에 대한 인식에 대해서는 제쳐두기로 하고, 현재 한창 플레이 중인 『호박색 콘체르토』 ○S3버전을 입수하는 과정에서 그녀는 소꿉친구인 아키 토모야에게서 원화가로 스카우트되었다.

실제로 동인지 즉매회에서 벽서클의 자리까지 올라간 에리리에게 있어서, 그 제안은 더 좋은 경력을 쌓을 수 있는 기회라고 할 수도 있었다.

……뭐, 자신을 스카우트하려 하는 서클 대표의 실적이 제로라는 점을 제외하면 말이다.

"그러니까, 화해를 하거나 커플이 된 게 아니라, 그저 나는 그 바보의 망상을 이루기 위해 장기말 혹은 부품 같은 거랄까…… 진짜 너무하지 않아?"

자기 입으로 그렇게 말하면서 왠지 울고 싶어진 에리리는 부모님께 — 자신의 진짜 속내는 감추고 — 전부 털어놓았다.

이것으로 이 어이없는 소꿉친구 논쟁도 끝이었다.

"그래…… 그래, 토모야 군! 드디어 『그 꿈』을 이루기로 결심했구나!"

"맞아! 틀림없어! 우리와 했던 약속을 기억하는 거야!"

"뭐, 뭐어?"

……기억나지, 않았다.

"뭐야. 초등학교 2학년 새해 첫 참배 때의 일을 에리리는 기억하지 못하는 거니?"

"토모 군과 우리 셋이서, 칸○묘진 신사의 오타쿠 일러스트 소원풀이 액자로 맹세를 했잖아?"

"뭐, 뭐라고 말이야?"

""누구나 다 웃으며 모에와 감동을 느끼는 미소녀게임을 만들겠다고 말이야!""

"……뭐?"

에리리는 허망한 표정을 지으며 부모님을 쳐다보았다.

예를 들자면, 자신이 끝내주는 추리를 늘어놓던 도중에 느닷없이 진범이 나타나서 추리가 완전히 빗나갔다는 것을 자백한 명탐정 같은…….

“뭐야. 에리리는 기억 못하는 거니? 토모야 군이 『언젠가 반드시 게임회사의 사장이 되겠다』고 맹세했잖아!”

“그때 너는 『반드시 토모 군이 있는 게임회사의 원화가가 되겠다』며 흥분한 목소리로 말했잖니.”

“나, 진짜로 그런 말을 했어?!”

아무래도 전에 토모야가 했던 말 — 애니메이션 1화 참조 — 에는 틀린 부분이 있었던 것 같았다.

그 맹세를 했을 당시의 에리리는 초등학생용 가방을 메고 있었던 게 아니라, 기모노 차림이었다.

그리고, 에리리의 부모님이 맹세를 하는 두 사람을 지켜보고 있었다.

또한, 아무리 생각해도 그냥 입에서 나오는 대로 떠든 것 같은 토모야의 그 망언이 실은 『실제로 일어났던 무서운 이야기』였던 것이다…….

“음, 역시 토모야 군이야! 겨우 3년 만에 내 오타쿠 지식을 전부 흡수한 천재다워! 지금도 그 꿈과 재능은 찬란히 빛나고 있겠지…….”

“아니거든? 꿈은 몰라도 재능은 눈곱만큼도 없어!”

애초에 오타쿠 지식이 아니라 본업 쪽을 주입해뒀다면, 자신을 포함해 주위 사람들이 행복해졌을지도 모른다는 생각이 에리리의 머릿속을 스쳤다.

"그래. 드디어 그 계획을 실행에 옮기는 거구나……. 힘내렴, 토모 군. 이제 실력 있는 시나리오라이터를 찾아야겠네!"

"무슨 소리를 하는 거야, 사유리. 우리 딸인 에리리가 원화를 맡기로 했잖아? 시나리오에 괜히 힘주지 않더라도, 캐릭터의 설정과 시추에이션만으로도 충분히 해볼 만해."

"아니, 그러니까 나는 하겠다고는 한 마디도……."

"……당신이야말로 무슨 소리를 하는 거야? 텍스트 어드벤처가 전제인 미소녀게임에서는 시나리오가 일러스트 못지않게 중요해."

"……엄마?"

"……사유리야말로 무슨 소리를 하는 거지? 미소녀게임은 여자애의 귀여움을 즐기는 게 가장 중요한 목적이잖아? 그 목적을 탐닉하는데 있어서, 시나리오 같은 건 방해밖에 안 돼. 너도 일러스트레이터니 충분히 알 텐데?"

"……아빠?"

"일러스트레이터이기 때문에, 시나리오의 중요성을 뼈저리게 알고 있는 거야!"

"그래봤자 미소녀게임의 매상 중 9할은 그림으로 판가름 난다고!"

“시나리오가 나쁘면 그 브랜드에서 내놓는 차기작의 매상이 바닥을 친단 말이야!”
“뛰어난 일러스트레이터만 있다면, 시나리오 같은 건 외주가 대충 만든 걸로도 충분해!”
“제대로 된 유저는 브랜드가 아니라 시나리오라이터를 보고 작품을 골라! 당신 같은 모에 오타쿠는 그걸 모르는 거야!”
“사유리 같은 못 말리는 시나리오충을 소수 과격분자라고 부른다는 건 알기나 해?!”
“그만! 이런 어이없는 이유로 부부싸움 좀 하지 마!”

“애, 애초에 내가 하겠다고는 한 마디도 안 했잖아!”
어이없는 이유에서 비롯된 부모님의 싸움을 겨우겨우 저지한 에리리는 일단 부모님을 진정시키기 위해 자신의 츤데레 주장을 되풀이했다.
“뭐가 소꿉친구야! 뭐가 장래를 약속한 남자애야! 어차피 중증 오타쿠잖아! 그런 녀석과 같은 서클에서 잘 지내는 건 무리야!”
“저기, 중증 오타쿠인 건 에리리도 마찬가지잖니?”
“맞아. 너의 그 문제 많은 취향을 이해해줄 수 있는 건, 아마 토모 군뿐일 거란다.”
에리리가 츤데레의 교과서 같은 고집을 부리자, 마음을 진정시키며 모에를 다시 느낀 부모님이 딸의 반응을 즐기며 태클을 걸었다.

“나도 친구가 있거든?! 내 역사에 소꿉친구 같은 건 존재하지 않아! 흥미도 없어!”

“……정말이니? 소꿉친구 자체에 흥미가 없는 거야?”

“그래! 그럼 안 돼?”

“아니, 안 되는 건 아니란다. 하지만 에리리…….”

“왜?!”

““너, 또 소꿉친구 루트에 들어갔어.””

“……뭐?”

부모님이 손가락으로 가리킨 곳…… 텔레비전의 모니터를 에리리가 쳐다보니, 마침 콘트롤러로 『유키에를 쫓아간다』를 선택한 순간이 눈에 들어왔다.

그것은 학교편의 클라이맥스다.

학생회장…… 아니, 원작이 성인용 에로게임이었던 탓에 생도회장이라는 미묘한 직함을 가지게 된 히로인, 시즈루에게 주인공이 유혹을 당하던 모습을 소꿉친구인 유키에가 우연히 보게 된다. 도망치는 유키에, 그리고 주인공에게 매달리는 시즈루 사이에서 한 명을 선택해야 되는 순간에 직면한 것이다.

“아앗?! 어느새 이렇게 됐네?!”

“에리리, 말도 안 되는 소리하지 마렴…….”

“『호박색 콘체르토』에서는 유키에의 난이도가 가장 높아서,

단 하나의 선택지도 잘못 고르면 여기까지 올 수가 없잖니…….”

“으, 으음~, 그게…… 아, 아무 생각 없이 선택지를 고르다 보니…….”

“에리리…… 너, 실은 『호박색 콘체르토』의 유키에만 클리어 해본 거지?”

“으…….”

“『호박색 콘체르토』만이 아냐……. 미소녀게임을 할 때마다, 소꿉친구 루트만 클리어 하고 그냥 관둬…….”

“그, 그런 소리 하지 마아아아!!!”

“흐, 흑, 훌쩍…… 아빠, 엄마, 너무해…….”

“아~, 저기, 그게 말이야. 사유리?”

“그, 그래. 일부런 이런 건 아니란다, 에리리. 응?”

부모님은 『너무한 건 너의 그 골치 아픈 착각 아닐까?』 하고 태클을 걸고 싶은 것을 참더니, 결국 울음을 터뜨린 딸에게 상냥한 어조로 말을 건넸다.

“저, 저기, 에리리. 내 말 좀 들어볼래?”

“드, 듣기 싫어.”

아니, 말투만이 아니었다.

어느새 두 사람은 부모다운 표정과 행동을 취하며, 사랑하는 딸을 자상히 달랬다.

“너 말이야……. 이렇게 계속 울면서 얼버무리기만 하다간, 언젠가 펑펑 울게 되는 날이 찾아올지도 몰라."

"……뭐?"

"우리도 말이지? 에리리와 토모 군처럼 심하게 다툰 적이 있단다……."

사랑의 결실인 자신들의 딸에게 담겨 있는, 머나먼 과거의 기억을 떠올리며 말했다.

"아마 사귀기 시작하고 1년 정도 지났을 즈음일 거야……."

"별것 아닌 오해로 다투고 말았지."

"우리 둘 다 『저런 사람은 이제 잊어버릴 거야』 하고 생각했어."

"나는 고집을 부리며 귀국해버렸지."

"나도 전화 한 통 하지 않았단다."

"그런 나날이 반 년 가량 이어졌던 거야……."

"네가 고집을 부린 세월에 비하면, 얼마 안 되는 시간일지도 몰라."

"하지만 우리는 그 반 년 동안 지옥을 맛봤단다."

"아빠, 엄마……."

"에리리…… 너는 우리보다 더욱 깊고 어두운 지옥에 있었어."

"그러니, 이제 그만 솔직해져도 되지 않을까?"

"지상으로 기어 올라가자고 생각해도 천벌을 받지는 않을 거란다."

"……윽."

에리리는 눈물을 닦더니 두 사람을 올려다보았다.

그런 귀여운 딸을 본 부모님은 확 끌어안아주고 싶은 충동을 느꼈지만, 그런 마음을 꾹 누르면서 천천히, 타이르듯 말을 이어갔다.

"저기, 에리리……. 너는 우리가 헤어지는 걸 반대하지?"

"……그렇게 되면, 나는 태어나지도 못했을 거야."

"아하하, 그래……. 그러니 에리리는 화해한 우리에게 감사해줬으면 좋겠는걸."

"그리고 언젠가…… 우리도 너한테 감사받고 싶단다."

"……응."

에리리는 눈물을 닦더니, 잠시 망설였다.

하지만 곧 고개를 끄덕이더니, 다시 콘트롤러를 쥐었다.

남은 건 잘려나간 에로 신 대신 추가 된 러브러브 신과 엔딩뿐이다.

에리리는 그 엔딩을 바라보며 자신의 소소한 결심을 담아 버튼을 눌렀다.

"……그런데 아빠와 엄마는 왜 싸운 거야?"

"내 말 좀 들어보렴, 에리리! 아빠가 말이지? 영국에 두고 온 소꿉친구와 나한테 양다리를 걸치고 있었어!"

"그, 그게, 나는 그럴 작정이 아니었는데, 그 소꿉친구가 착각을 했지 뭐니. 그래서 떼어내느라 고생했다니깐. 아하하하하…….”

“으아아아아아! 듣기 싫어, 듣기 싫어, 듣기 싫어, 듣기 싫어, 듣기 싫어, 듣기 싫어, 듣기 싫어어어어어어어어!!!”

리테이크의 저편

"저기~, 아키 군. 아니, 토모야 군."

"……."

"너는, 이런 느낌의 나를 원하는 거야?"

"……."

"애니메이션 속의, 게임 속의……. 으음, 라이트노벨 속의 이상적인 여자애는……."

"……."

"이런 식으로 말을 걸고 움직이며……."

"……큭."

"이런 식으로…… 으음, 사랑에 빠지는 걸까~."

"아니야……."

"으윽."

찰싹 하면서 슬리퍼 혹은 쥘부채로 머리를 때릴 때 날 법한 콩트의 효과음 같은 소리가 주위에 울려 퍼졌다.

"엉망이야, 엉망엉망엉망엉망! 템포도, 타이밍도, 감정표현도, 전부 엉망이야……!"

"너무해요, 카스미가오카 선배……."

5월 4일. 골든위크도 이틀밖에 남지 않은, 화창한 봄의 오후.

도쿄에 있는 언덕이 많은 주택가.

그 중에서도 매우 가파르고 『탐정언덕』이라 불리는 언덕길의 중턱이었다.

그곳에 있는 두 여성은 인파와 지나다니는 자동차에 방해가 되지 않도록 조심하면서, 계속 콩트…… 아니, 스트리트 퍼포먼스 같은 것을 하고 있었다.

"그럼 시작하겠어. 테이크 32……."

"예~."

방금 의욕 없는 목소리로 대답을 하며 다음 장면의 준비를 시작한 메인 배우는 카토 메구미였다.

토요가사키 학원 2학년 B반이며, 주체성이 없고, 사회에 불만도 없으며, 연극부 소속도 아니기에, 연기와는 북극과 남극만큼 떨어져 있는 여고생이다(※작가 개인의 감상입니다).

"준비…… 시작."

그리고 의욕이 있는지는 모르겠지만, 평소와 마찬가지로 냉철한 어조로 큐 사인을 낸 연기 지도 담당은 카스미가오카 우타하.

토요가사키 학원 3학년 A반이며 협력과는 담을 쌓았고, 사회참가의 의지도 없으며, 연극부 소속도 아니지만 — 때때로 참가하기도 함 — , 그래도 연기에는 일가견 있는 작가 겸 여고생이다(※판타스틱 대상 수상작 『사랑에 빠진 메트로놈』도 잘 부탁드립니다).

"저기~, 아키 군. 아니, 토모야 군."

"……."

"너는, 이런 느낌의 나를 원하는 거야?"

"……."

"애니메이션 속의, 게임 속의, 으음, 그리고……."

"……큭."

"아, 맞다. 라이트노벨 속의~."

"대사를 까먹지 말랬지……?!"

"으윽……."

우타하가 손에 쥐고 있는 둥글게 만 대본이 또 따악~ 하고 맑은 소리를 냈다.

연극부 대본을 하루 만에 다섯 권이나 못 쓰게 만들고, 부원 세 명을 관두게 만들었던 손목 스냅은 여전히 건재한 것 같았다.

"그 이전에, 내가 아까부터 템포와 타이밍을 맞추라고 했지?"

"그렇게 하고 있잖아요……. 상대방의 호흡에 맞추라는 거죠?"

우타하의 파괴공작에 희생될까봐 모자를 쓰지 않은 메구

미가 방금 맞은 부위를 매만지더니, 아주 약간 난처한 표정을 지으며 우타하 쪽을 쳐다보았다.

이 상황에서 울상이라도 짓는다면 「아, 카토 양. 방금 표정은 꽤 모에했어」 같은 칭찬을 받을 수 있을지도 모르지만, 카토 메구미라는 여자애의 3차원적인 여성스러움은 거기까지 생각이 미치지 않았다.

"호흡이 아니라 심장 박동이야. 상대방의 심장이 뛴 순간, 이쪽에서 뇌쇄적인 한 마디를 날려주는 게 가장 효과적이거든."

"일단은 카스미가오카 선배가 알려준 템포 대로 하고 있는데요……."

"시작할 때의 템포를 계속 유지해선 안 돼. 서서히 템포를 빠르게 하는 거야."

"그랬다간 상대방과 타이밍이 어긋나지 않을까요?"

"아냐. 상대방의 심장 박동 또한 점점 빨라질 거야. ……왜냐하면, 당신의 모에 연기 때문에 가슴이 미친듯이 두근거리고 있을 테니까 말이지."

"에이~."

"자, 그럼 다시 하자. 테이크 33……."

"예~."

약간 캐릭터성이 묻어나는 기운 없는 목소리로 그렇게 말한 메구미는 뒷걸음질로 지정된 위치까지 이동했다.

그런 메구미의 의상은 평소 즐겨 입는 의상이었다. 남들의 눈길을 끌고, 유행에 따르고 있으며, 괜찮은…… 오타쿠 관점에서 말하자면 3차원적인 패션과는 명백하게 달랐다.

담백하면서도 상냥한 인상을 안겨주는 흰색 원피스.

전체적으로 새하얀 비주얼에 강렬한 포인트로 작용하고 있는 빨간색 카디건.

절대영역을 완벽하게 계산한 절묘한 길이의 니삭스.

그리고 잊어서는 안 되는 것, 머리에 얹혀 있는 베레모……는 아까 말했다시피 손에 들고 있었다.

"준비…… 시작."

"저기~, 아키 군."

"『저기』 부분을 늘어뜨리지 마……!"

"으윽…… 아까는 그 부분을 지적 안 했잖아요."

아키바하라에 어울릴 것 같은 2차원 느낌이 물씬 나는 패션을 갖춘 메구미는 아직 그 의상에 걸맞은 연기를 선보이지 못하고 있었다.

"5분만 쉬자……. 그 사이에 대사를 전부 머릿속에 새겨둬."

우타하는 미네랄워터가 든 페트병을 메구미에게 내밀었다.

그런 친절한 행동과 다르게, 왼발은 쉴 새 없이 덜덜 떨리고 있었다. 그 점이 방금까지의 연습을 통해 쌓인 스트레스가 얼마나 어마어마한지 여실하게 드러내고 있었다.

"아, 예. 고마워요."

한편, 메구미는 그 페트병은 순순히 건네받더니, 딱히 개의치 않으며 목을 축였다.

우타하의 정신 상태는 그녀의 태도만 봐도 충분히 알 수 있지만, 그 점을 언급하거나 황송해 한다고 해서 상황이 좋아질 리가 없으니 그냥 입 다물고 있자는 현명한 판단……을 내린 건지, 그냥 무덤덤하게 흘려 넘긴 건지는 그녀의 표정만 봐서는 알 수 없었다.

"슬슬 감정표현 쪽도 손봐야겠네."

"아직 템포와 타이밍이 완성되지 않았는데요……."

"어쩔 수 없어. 오늘 안에 거기까지 완성하지 못하면, 연휴 안에 끝내는 건 무리야."

아까부터 언급했다시피, 오늘은 5월 4일이다.

골든위크도 이제 이틀밖에 남지 않았다.

그리고 골든위크가 끝나는 것과 동시에 토모야 군의 게임 제작 도전도 사라진다. 그렇게 되면 메구미가 토모야를 응원할 의미가…….

"으음, 플롯의 마감 기한을 늘려주는 건 어떨까요?"

"지금 윤리 군에게 시간을 더 줬다간, 평생 완성하지 못할 거야."

"그런가요?"

"문제아 크리에이터에 대해서라면 나도 잘 아는 편이거든. ……뭐, 그쪽도 상업 경력이 1년 밖에 안 된 풋내기지만, 말이야……!"

"……카스미가오카 선배?"

데뷔한지 얼마 안 되었는데도 불구하고 마감과의 처절한 사투를 몇 번이나 경험하며 담당 편집자를 울리고 있는 신입 작가 카스미 우타코, 즉 우타하는 짜증나는 추억을 떨쳐내려는 듯이 고개를 좌우로 저었다. 그리고 굳은 표정으로 메구미를 쳐다보았다.

"그러니까, 다음부터는 2차원적 기호도 접목시킨 연기 지도를 하겠어."

"2차원적 기호가 뭐예요?"

"유혹하는 눈매, 장난기 섞인 미소, 성녀의 후광, 악녀의 요염함…… 그 모든 것을 행동으로, 목소리로, 연기로, 표정으로, 얼굴로 표현해봐."

"……으음~."

느닷없이 요구가 많아지자, 메구미의 눈동자에서 빛이 사라졌다.

그런 표현을 진짜로 해낸다면, 그것은 이미 죽어버린 메구미의 캐릭터성이 소생하다 못해 신으로 승화될 정도의 레벨업이었다.

아니, 신은 모르는 게 없는 전지전능한 존재니까, 메구미를 본래의 무덤덤한 상태로 되돌려버릴지도 모른다.

"저기, 카스미가오카 선배는 그런 캐릭터를 연기할 수 있나요?"

"응. 마음만 먹으면 할 수 있어."

"으음, 질문을 바꿀게요. 그런 마음을 먹은 적이 있나요?"

"……그런 걸 물어본다고 뭐가 달라지는데?"

"아~. 그건 그렇고, 이 대본은 진짜 대단하네요~. 연기 대본인데 선택지가 있잖아요."

우타하의 짜증 섞인 표정을 보고 자기가 지뢰를 밟았다는 것을 눈치챈 메구미는 교묘하면서도 무덤덤하게 화제를 바꿨다.

"뭐, 상대방은 대본을 가지고 있지 않은 삼류 애드리브 배우잖아. 그러니 우리 쪽에서 최대한 커버할 수밖에 없어."

"진짜로 이 두꺼운 대본을 하루 만에 다 외울 수 있을까……."

대본이 두꺼운 탓에 저 종이다발을 말아서 날리는 일격이 엄청 아프다는 점에 대해서는 메구미도 말을 아꼈다.

"아무튼 지금은 메인 루트를 완벽하게 마스터하는 것에 전념해."

"메인 루트라면 『1번』을 계속 선택했을 경우의 루트를 말하는 거죠?"

메구미가 건네받은 대본의 몇몇 부분은 빨간색 펜으로 표시가 되어 있었다.

그 표시가 된 범위를 유심히 보니, 그것은 『선택지에서 1번을 골랐을 경우』의 부분이었다.

"당신이 내가 바라는 완벽한 연기를 선보인다면, 그는 분명 내가 바라는 행동을 보일 거야……. 즉, 이 루트로 진행되는 거지.”

“……우와아. 사람의 감정을 그 정도로 조종할 수 있는 건가요?”

“뭐, 윤리 군은 2차원 속에서 살고 있는 모에 오타쿠에, 해피엔딩 마니아에, 요상한 윤리관에 사로잡혀 있으니까 다른 사람보다는 예측하기 쉬워.”

“으음~. 그럼 카스미가오카 선배는 그런 식으로 아키 군을 조종한 적이……?”

“……다시 한 번 확인하겠는데 그런 걸 물어본다고 뭐가 달라지는 건데? 카토 양.”

“죄송해요. 방금 그 말은 못들은 걸로 해주세요. 부탁드릴게요.”

우타하에게서 뿜어져 나오는 검은 무언가를 느낀 메구미는 결국 무덤덤함을 내팽개치더니, 우타하를 향해 부리나케 고개를 숙였다.

“저기, 카토 양.”

“예?”

언덕 위에 있는 주차장 벽에 등을 기댄 두 사람은 화창한 봄 하늘을 올려다보았다.

토모야

현재 그녀들이 느끼고 있는 두통의 원인은 이렇게 날씨가 좋은데도 자기 방에 틀어박힌 채, 컴퓨터 앞에서 골머리를 썩이고 있을 것이다.

"당신은 왜 이렇게까지 하는 거야?"

"뭐가 왜고, 뭐가 이렇게까지인지 모르겠는데요……."

"가족여행 도중에 나와서 딱히 친하지도 않은 우리에게 고개를 숙여가면서까지 윤리 군을 위해 힘쓰고 있잖아……."

"다른 사람한테 들으니, 진짜 뭐라고 대답하면 좋을지 감이 안 오네요."

"……그의 어떤 면을 좋아하는 거야?"

"딱히 좋아하지도, 싫어하지도 않는데요."

메구미가 애매모호한 건지 투명한 건지 종잡을 수 없는 대답을 하자, 우타하는 미심쩍다는 눈길로 메구미의 종잡을 수 없는 표정을 응시했다.

"그를 싫어하지도 않는 거야? 평범한 여자애라면 『짜증나는 사람이네. 꼴도 보고 싶지 않아』 하고 생각할 정도의 『인격자』라고 생각하는데 말이야."

혹은, 마음속 깊은 곳에 다른 목적을 가지고 접근하는 걸까……. 그 목적이 무엇인지 상상조차 할 수 없지만 말이다.

"그렇게 생각하는 것도 이상하지 않을 거예요. 저도 그런 생각을 전혀 하지 않는다는 건 아니에요. 그런 마음이 해파리의 수분 정도는 있거든요……."

"그럼, 어째서야?"

우타하는 해파리의 수분 비율의 정확한 수치를 언급하는 대신, 계속 말을 해보라고 재촉했다.

"으음, 그게 말이죠? 왠지 즐거워 보였거든요."

"……동인 미소녀게임을 만드는 게 말이야? 사람에 따라서는 질색을 해도 이상하지 않을 정도의 오타쿠 취미거든?"

"역시 사회적으로 그렇게 여겨져도 이상하지 않을 짓을 하려는 건가요?"

"그런 것도 모르는 거야?"

"애초에 뭘 하려는 건지도 전혀 상상이 안 되거든요."

"뭐, 평범한 여자애라면 모르는 게 당연해……."

"하지만 아키 군이 정말 즐거워 보였으니까, 재미없는 일은 아닐 거라고 생각했어요."

"……당신은 재미있는 일이라면 뭐든 다 하는 타입이야? 아프지만 않다면 아무하고나 무슨 짓거리든 다 하는 그런 헤픈 여자야?"

"저기, 카스미가오카 선배. 방금 그 말은 아키 군의 발언에 필적할 정도로 문제가 많거든요?"

"저는 용기…… 아니, 주체성이 없어요."

아주 약간 기분이 나빠……진 걸지도 모르지만, 표정과 태도로는 드러내지 않으며 몇 초 동안 침묵에 잠겨 있던 메구미는 우타하가 사과할 기색조차 보이지 않자, 한숨을 내

쉬며 이야기를 시작했다.

"그러니 밴드나 댄스, 애니메이션 같은 거라도 딱히 상관없었을지도 몰라요."

앞의 두 개와 마지막 하나 사이의 갭이 신경 쓰이지만, 우타하는 태클을 걸지 않았다.

"아주 약간의 비일상과, 금방 돌아갈 수 있는 곳에 있는 일상…… 그런, 마음 놓고 즐길 수 있는 스릴 같은 것을 동경한 걸지도 몰라요."

"스릴이라면 다른 걸로도 얼마든지 맛볼 수 있지 않을까? 원○교○나, 위○약○ 같은 걸로 말이야."

"저기, 『금방 돌아갈 수 있는』이라는 전제조건을 무시하지 말아주세요."

"카토 양은 물러 터졌네. 당신은 오타쿠라는 늪이 얼마나 무시무시한지 몰라. 자기도 모르는 사이에 방 안이 오타쿠 굿즈로 가득 채워지고, 코스프레 느낌 나는 의상을 입고 동인행사장을 돌아다니며, 커플링 논쟁 끝에 주위의 여자애들도 완전히 적대하게 되는데다, 오타쿠 스테이터스는 엄청나지만 인격은 쓰레기 그 자체인 놈팡이 타입 업계인의 노리개가 되면서, 평생을 꽃밭에서 살게 될지도……."

"아~, 그런 상황에 처하기 전에 퇴각할 준비를 철저히 해둘 거예요~."

그리고 꽃밭에서 평생 살게 된다면 당사자로서는 행복하

지 않을까……. 뭐, 주위 사람들 눈에는 불행해보일지도 모르지만 말이다.

"게다가 누군가가 그렇게까지 저한테 집착을 한다면, 결국 둘 중 하나를 선택하게 될 것 같지 않아요?"

"둘 중 하나?"

"완전히 질려버리거나, 아니면 끌리게 되거나요."

"……."

그 순간, 메구미는 우타하의 표정에 지금까지 존재하지 않던 감정이 어린 느낌을 받았다.

"뭐, 보통은 9대1 혹은 99대1 정도의 확률로 질리겠지만 말이에요."

"그런데, 왜 당신은…… 1 쪽이 된 거야?"

그래서 메구미는 「그런 카스미가오카 선배는 왜 1 쪽이 된 건가요?」 하고 되묻……지는 않았다.

하지만, 그 질문이 본질에서 벗어나고 있지 않다는 점만큼은 마음속에 담아뒀다.

"딱히 1 쪽이 된 건 아니거든요? 솔직히 말해 질리기는 했어요. 하지만 정나미가 떨어질 정도로 질려버리지는 않았어요."

"그럼 왜 그런 비유를 입에 담은 거야? 참 미적지근한 사람이네."

"아까부터 계속 그 점을 지적당하고 있네요."

결국 메구미는 『결국』 그 둘 중 하나의 감정을 품지도 못했다.

99퍼센트의 대다수도, 1퍼센트의 절대 소수도 되지 못했다.

"그러니까, 어느 한 쪽을 선택하게 될 때까지 조금 더 시간이 걸린다면…… 그때까지 어울려줄까 해요."

"……역시 나는 당신이 마음에 안 들어."

"아하하……."

그래서 메구미는 「저도 카스미가오카 선배가 좀 불편한 것 같아요」 하고 대답……하지는 않았다.

"그럼 시간도 없으니까, 이쯤에서 휴식을 마치자."

"예~. 잘 부탁드려요, 카스미가오카 선배."

"그런 건성으로 하는 대답도 히로인과 거리가 머니까, 고치도록 해."

"예……. 예."

결국 우타하는 이 10분간의 휴식 동안, 메구미를 이해하지는 못했다.

그리고 메구미 또한 이 10분간의 휴식 동안, 우타하의 내면 깊은 곳에 존재하는 무언가를 이해하지 못했다…… 뭐, 뻔히 드러난 부분을 얼추 이해하고 당혹스러워 하는 중이지만 말이다.

"그럼 카토 양. 시작하기 전에 충고…… 아니, 조언을 하나

해줄게.”

“예.”

“당신이 진정으로 그를 격려해주고 싶다면, 그를 응원해주고 싶다는 생각을 가지고 있다면…… 그를 사랑하도록 해.”

“으~.”

메구미의 태도를 본 우타하는「방금 내가 한 말도 못 지키는 거야?!」하고 외치며 대본으로 확 때려주고 싶어졌지만, 인내심을 발휘하며 말을 이었다.

“본인이 아니라도 돼. 그와 마찬가지로, 2차원의 그를 좋아하게 되는 거야.”

“……아키 군을 2차원화시키면, 지금보다 더 짜증나는 캐릭터가 되지 않을까요?”

“그래도 당신이 생각하는 이상적인 윤리 군이라면 사랑할 수 있지?”

“글쎄요? 저는 지금까지 그런 감정을 느껴본 적이 없거든요.”

“그럼 이미지 트레이닝을 해봐……. 카토 양, 눈을 감아.”

“……예.”

이번에는 순순히, 그리고 아주 약간 히로인 같은 어조로 대답한 메구미가 눈을 감았다.

마치 좋아하는 남자의 부탁이라 어쩔 수 없이 그러는 것처럼 말이다.

“당신이 생각하는『이상적인 그』를 상상하면서, 그 사람에게 말을 걸어봐."

"내가 생각하는, 이상적인 그…… 으음, 어떤 남자애인지 모르겠네요."

"누구도 관심을 가지지 않던 자신의 본질을 이해해주고, 남의 의견에 휘둘리지 않으며, 한결같이 자신을 원하는 사람."

"……."

"맹목적인 추종이나 야릇한 흑심이 섞이지 않은, 진심어린 찬사를 보내고…… 짜증나게 굴기는 해도 언제나 한결같고, 다른 속셈이 없으며, 항상 진지한 남자애."

"……."

"그리고 안경을 벗으면 꽤 귀엽게 생긴 게 짜증 나."

"풉."

"뭐가 웃긴 거야?"

"…… 방금 말한 게 카스미가오카 선배가 생각하는 『윤리 군』이다 싶어서요."

"아냐. 윤리 군은 불성실하고 최악 그 자체인 얼간이 남자애야. 그딴 녀석은 확 ●●버렸으면 좋겠어."

"……카스미가오카 선배?"

깜짝 놀라며 눈을 치켜뜬 메구미의 앞에는, 눈을 감고 있을 때와 마찬가지로…… 아니, 그때보다 더욱 검은 어둠이 펼쳐져 있었다.

"그럼 해봐, 카토 양."

"예……."

뭐, 방금 본 광경은 착각일 거라고 여긴 메구미는 지정된 위치에 서서 눈을 감았다.

그런 어둠의 중심에 떠올라 있는 건, 이상적인…… 아니, 뭐, 응원해주는 것도 괜찮다고 메구미가 생각한 남자애다.

"오래간만. 또…… 만났네."

시원한 바람이 한순간 강하게 불자, 메구미의 머리카락이 적절히 흩날렸다.

그 바람을 타고, 한 달 전에 졌던 벚꽃잎이 그녀의 눈꺼풀 안에서 힘차게 흩날렸다.

그리고 바람에 흩날리는 머리카락을 손으로 누른 메구미는, 언덕 아래…… 남자애가 있을 그 장소를 내려다보며 눈을 떴다.

"우연히, 말이야. 아하하……."

물론 그 곳에는 실제로 남자애가 있지는 않았으며, 그저 팔짱을 낀 채 굳은 얼굴로 자신을 쳐다보고 있는 학교 선배가 있을 뿐이지만 말이다.

그래도 메구미는 그 너머의…… 다른 차원에 있는 남자애에게 장난스럽게 말을 건넸다.

"어머? 내 이름을 아는 구나……. 아키, 토모야 군."

메구미는 언덕을 내려가서 모자를 줍는 연기를 하면서…… 왠지, 웃음이 날 것만 같았다.

『토모야 군』…… 그를 이름으로 부르는 미래를 상상조차 할 수 없었기 때문이다.

하지만, 깊은 곳에서 흘러나오려 하는 그 감정은 조소도, 실소도 아니었다.

그럼 대체 무엇일까? 자기 자신에게 물어봤지만 결국 답을 알 수 없었다.

하지만 즐겁고, 유쾌하며 왠지, 어쩔 수 없네 하고 여기게 만드는 기묘한 감정이었다.

"저기~, 아키 군. ……아니, 토모야 군."

그래서, 이름으로 그를 부르면서도 점점 위화감을 느끼지 않게 되어갔다.

어차피, 딱히 해가 될 건 없다.

그리고…… 왠지, 즐거웠다.

"너는 이런 느낌의 나를 원하는 거야?"

눈앞의 토모야가, 볼을 붉혔다.

공상 속에 존재하는 그의 표정을 바라보며 메구미는 왠지 한 방 먹여준 기분이 들었다. 그리고 또 하나의 고양감을 느끼고 있었다.

"애니메이션 속의, 게임 속의, 그리고 라이트노벨 속의, 네 이상적인 여자애는……."

그래서 메구미는 그를 쫓느라 여념이 없었다.

거리뿐만 아니라, 차원마저도 가까워지고 있었다.

"이런 식으로 말을 걸고, 이런 식으로 움직이며……."

평소의 자신이라면 절대 이런 식으로 상대방을 올려다보지 않을 것이다.

상대방의 품에 안겨서 가슴에 몸을 맡길 각오를 마친 듯한 그런 연기였다.

그리고 그의…… 아니, 자신의 격렬하게 뛰고 있는 심장박동에 맞춰 점점 빨라지는 템포에 따라 고백을…….

"그리고 이런 식으로 사랑에…… 꺄앗?!"

지금까지와는 전혀 다른 텐션으로 연기를 펼쳤지만, 우타하가 동그랗게 만 대본이 메구미의 머리에 작렬했다.

"아, 아야야야야……. 카, 카스미가오카 선배?"

"……큭."

그것도, 아까보다 훨씬 날카로운 스냅과 분노가 어린 한 방이었다.

"바, 방금은 꽤 괜찮았다고 생각하는데……."

"괜찮기는 무슨……. 방금처럼 했다간 윤리 군이 완전히 함락되고 말 거야. 당신을 사랑하게 될 게 틀림없어……!"

"으음, 저희가 지금 뭐 때문에 이러고 있는 건지 기억하긴 해요?"

두 사람이 했던 한밤의 선택, 그 후

"흐으으으음~."

"마치다 씨, 왜 그래요?"

아침 여덟 시. 와고 제퍼슨 호텔의 로비.

체크아웃 준비를 마치고, 카페에서 크루아상을 한 손에 들고 태블릿을 조작하고 있던 여성이 있었다.

후시카와 서점 판타스틱 문고 부편집장인 마치다 소노코였다. 그녀는 기다리고 있던 교복 차림의 여고생이 눈앞에 나타나자, 의미심장하면서도 능글맞은 눈길로 상대방을 쳐다보았다.

"아, 시~ 양이 정말 개운한 표정을 짓고 있어서 말이야. 짜증이 머리끝까지 치솟은 어제 모습과는 하늘과 땅 차이네."

"무슨 일로 저를 놀리려는 건지 이제 알겠네요. 괜한 소리를 해봤자 무의미……."

"어젯밤에는 참 즐거웠나 보네요~, 카스미 선생님! 우랴

우랴~!"

"놀려봤자 무의미하다고 가르쳐줬는데, 왜 제 말을 들은 척도 하지 않는 거죠? 담당 편집자 님."

"그야 그 상대가 『놀린다는 걸 뻔 알면서도 반응하고 말 정도로 놀림에 내성이 없는 여자애』이기 때문 아닐까?"

"……윽."

그리고, 그런 흥미에서 비롯된 무례한 시선을 받고 있는 여자애. 토요가사키 학원 3학년 A반 카스미가오카 우타하이자 판타스틱 문고의 인기 작가 카스미 우타코였다. 이 소녀는 방금 마치다에게 지적을 당한 대로 내성이 없다는 걸 뻔히 티내듯 화난 표정을 짓고 있었다.

"애초에, 고등학생 남녀를 한 방에 재우는 건 어엿한 어른이 할 짓이 아니라고 생각하거든요?"

"하지만 나는 교육자도 아니고, 내가 상대하는 사람은 고등학생이 아니라 작가잖아. 그리고 작가의 사생활을 신경 쓰다간 위에 구멍이 숭숭 뚫릴 게 뻔한 데다, 그런 극단적인 사상을 창작에 활용하고 있던 탓에 제제를 당한 후로 맹숭맹숭한 책만 쓰게 되는 사람도 있거든? 그러니 어른의 상식과 편집자의 야심 사이에서 갈등하고 있는 독신 20대 후반 여자의 심정도 헤아려줬으면 좋겠네~."

"저기, 은근슬쩍 나이를 속이지 말아주세요. 나이 몇 살 속이더라도 10대인 저보다 연상인 건 변함없잖아요?"

두 사람이 비방…… 아니, 논의하고 있는 것은 어젯밤에 이 호텔에서 있었던 일이다.

이번 주말, 마치다와 우타하는 카스미 우타코의 판타스틱 문고 신 시리즈 취재 여행을 위해서 신작의 무대 후보이자 전작인『사랑에 빠진 메트로놈』의 무대, 그리고 우타하의 고향인 와고 시를 방문했다.

그리고 첫 날 취재를 마치고 호텔에 돌아온 두 사람이 한밤중에 카페에서 내일 일정에 대해 이야기하고 있을 때, 화제의 인물이 나타났다.

그 사람은 바로 우타하의 학교 후배이자 카스미 우타코의 광팬, 그리고 후시카와 편집부의 임시 아르바이트이기도 한 아키 토모야다.

"아무튼, 저희 사이에서는 문제가 될 만한 일은 전혀 없었어요. 애초에 저희 사이에 그런 일이 일어날 가능성이 있다고 마치다 씨가 생각한 것 자체가 유감, 불쾌, 실망이군요."

그리고 그런 그를 이대로 방치해둘 수 없다고 판단한 두 사람은 방금 우타하가 말한 식으로 사태에 대처한 것이다.

"에이~. 만날 수 있을지 알 수도 없는데, 비가 오는 와고 시까지 시~ 양을 찾아온 거잖아? 그것도 마지막 열차를 놓치면서까지……."

"……게임 플롯의 기한이 어제까지였기 때문이에요."

"어제는 그런 말을 한 마디도……."

"이 ○○ 편집자, 진짜 말 많네."

"그러고 보니 그쪽도 진행되고 있나 보네~. TAKI군과 게임을 만든다는 이야기를 들었을 때만 해도 말도 안 되는 교환조건이라도 제시하려는 속셈인 줄 알았어."

마치다는 우타하와 그녀의 후배의 관계에 관심이 있는지, 디저트로 나온 커피를 홀짝이면서 질문공세를 펼쳤다.

"신작 쪽에 피해를 끼치지 않을 테니까 안심하세요. 그리고 그런 불온한 표현은 쓰지 말아줄래요?"

우타하도 샐러드를 먹으면서, 마치다의 집요한 태도 때문에 생긴 짜증을 서슴없이 드러냈다.

"아~, 괜찮아. 신작 쪽은 걱정 안 해. 온갖 트러블 사례를 고려하면서 작업을 진행하고 있거든."

"하다못해 저를 믿기 때문에 걱정하지 않는다고 말해줬다면, 저도 좀 고마움을 느꼈을 거예요."

우타하는 동급생과 교사에게 『암흑미녀』, 『흑발 롱헤어의 설녀』라고 불리며 냉정하고 냉철하며 무감정한 인간으로 여겨지고 있다. 하지만 그런 그녀도 업계 경력 ○년, 전직 횟수 ○회, 그야말로 산전수전 다 겪은 『잿빛 커리어 우먼』 마치다 소노코에게는 전혀 상대가 되지 못했다.

"에이~, 전혀 걱정할 필요가 없는 작가 같은 건 존재하지 않거든. 만약 기한 대로 퀄리티가 높은 작품을 만들어내는

『무사고 작가』가 있다면, 우리 쪽에서 한계 수준까지 일거리를 떠넘겨서 트러블을 일으키게 만들어~.”

“……제가 사고 매물이 되지 않도록, 후시카와 편집부 측에는 앞으로도 건전한 스케줄 관리를 요청 드리고 싶군요.”

“물론이지, 시~ 양. 『후시카와의 통치력이 닿는 범위』에서라면, 작가의 표면장력이 작용한 아슬아슬한 수준에서 멈춰.”

“그 말은 즉, 제가 후시카와와 『관련이 없는』 일을 맡는다면…….”

“이야~, 작가를 자기 출세의 도구로 여기는 저질 편집자나 그런 것까지 간섭하거든~. 나는 그러지 않아. 그들을 크리에이터로서만이 아니라 인간으로서도 존경하고, 신뢰하며, 사랑해……. 그러니까 마지막 판단은 시~ 양, 당신에게 맡길게.”

“방금 대답을 피했죠? 마치다 씨, 대답 피한 거 맞죠?”

“그럼 나한테 전부 맡겨볼래? 그러면 나는 우선 네 작품을 애니메이션으로 만들어서 성공시킬 거야. 그리고 문예 쪽으로 가도 좋고, 이대로 엔터테인먼트에 남아서 미디어믹스로 떼돈을 버는 것도 좋아! 재능이 고갈될 때까지 죽지도 살지도 못하게 부려먹으면서, 안정된 노후를 손에 넣을 수 있도록 돌봐줄게.”

“……이제 됐어요. 그냥 입 좀 다무세요. 밥맛이 없어질 것 같단 말이에요.”

역시 전혀 신용하지 않는 것 같았다.

"그건 그렇고, TAKI군이 드디어 크리에이터의 길에 들어서는 거구나……. 진척은 좀 어때?"

"뭐, 겨우 플롯이 완성됐을 뿐이에요. 이래가지고 겨울 코믹마켓까지 완성할 수 있을지 걱정이네요……."

아키 토모야가 지닌 또 하나의 얼굴…… 블로거 TAKI의 존재는 마치다가 우타하보다 먼저 알았다.

카스미 우타코의 데뷔작『사랑에 빠진 메트로놈』의 속간 간행을 둘러싼 일련의 소동 — 상세한 내용은『시원찮은 그녀(히로인)를 위한 육성방법 사랑에 빠진 메트로놈 2』에 실려 있으니 참고해 주십시오 — 때, 우연히 작품에 대한 호평을 발견한 마치다가 그 호평의 근원지를 찾아다닌 끝에 발견한 오타쿠 블로그에, 그 후덥지근하고 짜증나는 문장이 있었다.

"그래. 겨울 코믹마켓에 참가하는 구나……. 어떤 작품일지 정말 기대돼."

"……본인도 의욕은 있는 건 같긴 해요. 하지만 플롯은 제가 혼자서 전부 쓴데다, 캐릭터 디자인도 카시와기 에리에게 통째로 떠넘겼거든요. 그가 얼마나 자신의 색깔을 작품 안에 표현할 수 있을지는 미지수네요."

"하지만 나는 카스미 우타코와 카시와기 에리가 만든 갓겜보다, TAKI가 두 사람의 재능을 낭비해서 만들어낸 망겜

이 어떤 걸지 더 흥미 있어."

"마치다 씨……?"

우타하가 애정으로 점철된 쓴 소리를 입에 담자, 마치다는 그런 그녀의 속내를 꿰뚫어보고 있는 것처럼 장난스러운 미소를 머금었다.

"전자는 내용과 퀄리티가 얼추 상상이 되지만, 후자는 어떤 게 나올지 상상조차 안 되거든."

"뭐, 저도 작품이 재미있을지 재미없을지 짐작조차 안 되긴 해요."

"게다가 재미있지도 않고, 재미없지도 않은, 그런 무난한 작품이 완성되는 미래도 상상이 안 돼."

그런 마치다…… 프로 편집자가 기대에 찬 말을 입에 담자, 얼굴을 약간 붉힌 우타하가 몸을 약간 앞으로 내밀면서 질문을 던졌다.

"마치다 씨는 그에게 크리에이터로서의 재능이 있다고 생각해요?"

"글쎄?"

"그게 무슨……."

그리고 얼버무리는 마치다의 대답을 듣자, 우타하는 약간의 낙담과 분노와 토라짐이 뒤섞인 표정을 지었다.

"아직은 『아예 없을 거라고는 생각하지 않는다』 정도야."

"그건 모든 사람에게 해당되는 평가네요."

"어쩔 수 없잖아~? 나는 아직 그의 『창작물』을 하나도 본 적이 없는걸."

마치다가 테이블 위에 둔 태블릿의 화면에는 TAKI의 홈페이지가 표시되어 있었다.

그리고 그 홈페이지는 석 달 전부터 갱신되지 않았다.

"뭐, 블로거로서의 그는 분명 일류야. ……독자가 이런 표정을 짓게 만들잖아."

"윽…… 남의 볼을 손가락으로 찌르지 마세요."

하지만 블로그의 최상단에 표시되어 있는 그 석 달 전의 기사는 여전히 우타하…… 아니, 카스미 우타코가 얼굴을 붉히고 가슴이 뛰게 만든다. 그리고 안타까운 표정을 짓게 하는 마법의 말로 가득 차 있었다.

이 홈페이지의 게시물 중에서 가장 길고, 또한 액세스 수가 가장 많은 넘버원 게시물.

……바로 『사랑에 빠진 메트로놈』 최종권의 감상이다.

"기본적으로는 작품의 장점을 찾아내서 입에 침이 마르도록 칭찬해. 결코 욕하지 않아. 비판을 하더라도, 최대한 작가를 존중해. 문제점을 지적하고 나면 자기 나름의 대처방안도 준비하지. 무엇보다 한줌의 악의도 느껴지지 않아. 그 대신 느껴지는 건 어마어마한 열정뿐이야. 그리고 이게 가장 중요한 건데, 광고로 돈을 벌지도 않는다니깐."

"으음, 그 마지막 말은 문장력과 관련이 있나요?"

"……하지만 그 정도는 사회적인 인격자한테는 그렇게 어려운 일이 아냐."

"그런, 가요?"

"남에게 어떻게 보이고 싶은지, 어떻게 여겨지고 싶은지 항상 의식하고 있는 사람이라면 누구라도 할 수 있는 일이야."

"……마치다 씨는 윤리 군이 인격자라는 말이 하고 싶은 건가요?"

"뭐~, 고등학생 여자애와 단둘이서 하룻밤을 보냈는데도 아무 일도 없는 걸 보면 충분히 사회적이지 않을까? 아, 상대방이 이렇게 만반의 준비를 했는데도 도망친 걸 보면 오히려 반사회적이라고 할 수 있을지도 모르겠네. 시~ 양은 어떻게 생각해?"

"확 ○어 버리면 좋겠어요. 윤리 군이 아니라 마치다 씨가요."

그 순간, 우타하는 토모야를 향해서도 마음속으로 「○어」 하고 말했다.

"그래도 크리에이터 특유의 찬란함이 느껴지기는 해……."

마치다는 태블릿을 향해 고개를 돌리더니, TAKI의 블로그를 훑어보았다.

"무엇보다, 그의 문장이 지닌 가장 큰 힘은 바로 이 열정이야."

……그리고 도중에 스크롤을 멈추며 쓴웃음을 짓거나 웃

음을 터뜨렸다. 그리고 아주 약간 숨이 막힌 것 같은 반응을 보였다.

"읽고 있는 사람들을 카스미 우타코 늪에 빠뜨리는, 이 칭찬 능력 말이야."

"그것보다, 카스미 우타코 늪이라는 건 대체 뭐죠?"

"그는 그 능력으로 많은 독자들의 마음을 사로잡았어……. 문장으로 사람을 감동시킨 거야."

"……뭐, 그럴지도 몰라요."

아마 그 문장에 가장 감동한 이는 작가 본인이라는 게 좀 그렇다고 생각한 우타하는 애매모호하게 고개를 끄덕였다.

"그러니까, 그는 분명 집필에 재능이 있어. ……하지만 그건 크리에이터가 되기 위한 충분조건이 아냐."

"그게 무슨 소리죠?"

"TAKI군은…… 아직, 독자의 마음을 조종하고 있는 건 아니잖아."

"……아."

마치다의 그 말은, 우타하가…… 창작으로 돈을 버는 사기꾼이 충분히 납득할 수 있는 발언이었다.

"진실이 아닌 허구로, 전승이 아닌 창작으로, 결과가 아니라 계획적으로…… 그렇게 의도적으로 독자를 감동시키지 못한다면, 그저 반짝 스타로 끝나고 말아."

"……하긴, 진짜로 반짝하고 사라져버리는 『자칭』 작가도 많으니까요."

우타하는 그렇게 되지 않을 자신이 있지만, 확신은 없다.

"지금의 TAKI군은 자기가 하고 싶은 걸 하다, 운 좋게 그걸로 대박을 쳤을 뿐이야. 그는 카스미 우타코를 너무나도 사랑하니까……."

"윽……."

"아, 미안해. 「카스미 우타코의 『소설』을 너무나도 사랑하니까」로 정정할게."

"딱히 그 말에 반응한 것도 아니고, 그냥 흘려 넘겼을 뿐이거든요?"

우타하의 목소리는 왠지 상기된 것처럼 느껴졌다.

"만약 그가 카스미 우타코 이외의 잘 알지도 모르는 작가가 만든 작품의 감상문으로 독자들을 사로잡을 수 있다면, 그거야말로……."

"마치다 씨, 그건 스텔스 마케……."

"……아, 아무튼 그 정도의 의연함과 우연에 기댈 필요가 없는 실력을 갖춰야 한다는 거야! 지금의 그는 아직 너무 순수해."

우타하의 『그런 짓을 벌였던 건가요?』라는 의혹이 담긴 시선을 필요 이상으로 무시한 마치다는 뻔뻔하게 천장을 올려다보았다.

그러니, 그녀가 실제로 그런 일을 벌였는지는 아무도 알 수 없다…….

“그가 좀 더 흑심을 가지게 되어서…… 그래, 카스미 우타코처럼 된다면…….”

“흑심 캐릭터로 지정해주셔서 참 고마워요. 이 세상에서 가장 그런 소리를 듣고 싶지 않은 사람이 마치다 씨라는 건 일단 제쳐두죠.”

“딱히 마음속이 흑심으로 가득 차있다는 의미로 한 말은 아니야……. 어디까지나, 작가로서 필요한 흑심을 가지고 있다는 거야.”

“그 말은 제 마음속에 흑심이 있다는 걸 부정하는 발언도 아니죠? 미묘하게 긍정의 의미도 섞여 있죠?”

“카스미 우타코처럼 자신의 체험과 감정을 작품 안에 숨겨두더라도, 마지막에 가서 독자가 만족하는 전개를 자아낼 힘을 터득한다면, 그는 탈바꿈할지도 몰라.”

우타하의 『당신, 혹시 저를 싫어하나요?』라는 의혹이 담긴 시선을 계속 무시…… 아무튼, 마치다는 이야기를 이어갔다.

하지만 그 말은 우타하가 아까처럼 간단히 흘려 넘길 수 있는 것이 아니었다.

“……저기, 『마지막에 가서』라는 그 말은 『사랑에 빠진 메트로놈』의 최종권을 가리키는 건가요?”

우타하의 표정은 미묘하다는 표현을 사용하기에는 미묘할

정도로 일그러졌다.

분위기가 급변했다는 것을 아는지 모르는지, 아니, 분명 알고 있으면서도 마치다는 여전히 가벼운 말투로 명백하게 편집자로서의 발언을 입에 담았다.

"너는 마유이를 선택했어."

"윽……."

그것은 좋게 말하면, 작가에게 있어 『기탄없는 의견』이자…….

……나쁘게 말하면, 우타하의 해묵은 상처를 이제 와서 헤집는 짓이다.

카스미 우타코의 데뷔작, 『사랑에 빠진 메트로놈』은 전5권, 누계 50만부의 실적을 올리며 올해 봄에 행복한 결말을 맞이했다.

하지만 그 『행복한 결말』은 라이트노벨 업계에 적지 않은 파문을 일으켰다.

그것은 바로 『사랑메트 진짜 히로인 논쟁』이다.

"처음 구상에서 선택받을 히로인은 사유카였고, 네 초벌 원고 또한 그 구상대로였어."

판타스틱 대상 수상작 『사랑에 빠진 메트로놈』은 신인상 응모 규칙 때문에 1권으로 완결되는 스토리로 짜여졌다.

등장하는 캐릭터 중에서 이야기를 이끌어나가는 이는 두

사람…… 주인공인 나오토, 그리고 히로인인 사유카다.

그런 1권에서는 그들의 만남과 아련한 사랑, 그리고 엇갈림에서 이어지는 청춘 느낌 물씬 나는 풋풋한 화해가 그려졌다.

1권만 본다면 나오토가 사유카와 맺어지는 것은 명명백백한 기정사실이며, 이 이야기에서는 급전개, 서프라이즈, 아니, 2권의 발간조차 필요하지 않다는 의견도 있었다.

"하지만 나는 그 초벌 원고를 보면서 위화감을 느꼈어……. 물론 작품 자체는 재미있었고, 충분히 『납득되는』 결말이기도 해……."

하지만 신인상을 수상한 작품이 1권에서 끝나는 것은 작가로서도, 출판사로서도 있을 수 없는 일이며…….

그렇기에 새롭게 『덧붙여진』 2권에서는 새로운 히로인인 마유이가 등장한다.

그리고 바로 그때 카스미 우타코는 정해진 섭리에 그저 따르는 것을 바라지 않았다.

새로운 히로인을 샌드백으로, 사유카를 부각시키기 위한 들러리로 만드는 전개를 펼치지 않았다.

마유이는 나오토를 자연스럽게 좋아하게 됐다.

그리고 마유이와 사유카는 자연스레 절친한 친구 사이가 됐다.

세 사람의 서로를 향한 애정은 점점 깊어져갔고, 스토리 또한 점점 진흙탕으로 변했다.

그들의 마음은 복잡하고 골치 아프며 인간미 넘칠 뿐만 아니라 생동감 넘치게 뒤엉켰다.

나오토와 맺어지는 건 대체 누구인가…… 그것은 그 어떤 독자도 알지 못했고, 최후의 결단은 작가 본인에게 맡겨졌다.

……하지만 네 권의 책을 세상에 내놓으면서, 우타하와 마치다는 확실하게 깨닫고 있었다.

"하지만 더 올바르고 지금까지의 흐름에 부합되고 무엇보다 『전 5권』의 작품으로서 납득이 되는 엔딩이 존재하지 않았을까……."

이 작품 안에서 가장 자유롭게 행동한 이는 바로 마유이다.

그리고 사유카는 반대로, 3권 즈음부터 무언가에 속박된 것처럼 자신의 마음을 옭아매게 되었다.

"나는 말이지? 네가 『1권』완결 시절의 구상에 사로잡힌 나머지, 현재 독자가…… 세계가 바라는 해답을 찾지 못하고 있는 걸지도 모른다고 생각했어."

그 즈음부터, 우타하의 내면에는 사유카에 대한 가이드라인이 명확하게 존재했다.

『사유카는 이렇게 뻔뻔한 언동을 구사하지 않아.』

『사유카는, 이렇게 솔직하게 자신의 마음을 드러내지 않아.』

『더 심술궂고 매사의 쭈뼛거리며 사랑을 쟁취하지도 못하는, 그런 어둡기만 한 여자애』다.

그래서 초벌 원고의 『사유카가 지금까지와는 전혀 다른 태도를 취하며 마유이에게서 나오토를 빼앗는 엔딩』은 두 사람에게 위화감을 안겨줬다.

그 사유카는 1권 당시의 사유카에 가까울지도 모른다.

하지만 4권에서의 사유카와는 완전히 별개의 인간이었다.

그런 『캐릭터의 성장에 따른 어긋남』은 앞으로 몇 권을 더 할애해야 원상 복구시킬 수 있을지, 상상조차 되지 않았다.

"5권에서 끝내기로 결정했을 때부터 알고 있었어요. ……이 작품이 맞이해야만 하는 결말을 말이에요."

"……하지만 너는 그런 초벌 원고를 썼어."

한 명을 제외한 모든 독자를 선택할 것인가. 아니면 그 한 명을 선택할 것인가.

캐릭터를 행복하게 해줄 것인가. 캐릭터 『안의 사람』을 행복하게 해줄 것인가.

당시의 우타하는 선택할 수 없었다.

그래서 그 선택을 한 명의 독자에게 맡기려 했지만…….

"그래도 제대로 고쳤잖아요?"

"그 일 덕분에 너는 엔터테인먼트 작가로 크게 성장했어. ……새 시리즈를 안심하고 맡길 수 있는 간판 작가, 카스미 우타코가 된 거야."

그 선택은 자신의 내면에서 우러나온 의지에 따른 것이 아니다.

한 명의 독자에게 선택을 거부당한 결과 어쩔 수 없이 이 작품이 맞이해야만 하는 결말을 고르고 만 것이다.

하지만 그 소극적인 선택은 그녀에게 어떤 힘을 안겨 준…… 것 같았다.

"……윤리 군도, 그렇게 되는 건가요?"

현재 그런 힘을 가지지 못한 한 명의 독자에 의해서…….

"그렇게 된다면 판타스틱 문고에서 책을 써줬으면 해. 그라면 시~ 양보다도 히로인을 귀엽게 묘사할지도 모르거든. ……뭐, 스토리성이 어떻게 될지는 미지수지만 말이야."

"말이 너무 심하네요……."

마치다는 지금 우타하가 지은 표정에 어린 감정을 파악하지 못했다.

분하고, 즐거우며, 언짢은데다, 기쁠 뿐만 아니라…….

왠지…… 금방이라도 울음을 터뜨릴 것처럼 슬퍼 보였다.

"뭐, 『사랑에 빠진 메트로놈』이 문예라면 사유카 엔딩도 괜찮았을 거야. 『이것이야말로 작가성이다』 라고 우기면 되거든~."

"……마치다 씨는 문예 쪽에 원한이라도 있어요?"

그래서 마치다는 더 이상 캐묻지 않으며 말을 돌렸다.

"원한다면, 이번에 우리 쪽에 새로 생기는 레이블인 『후시카와 M문고』의 편집부를 소개해줄 수도 있어. 우선 그쪽에서 마음껏 사이비 문예를 쓴 다음, 언젠가 본격적으로 여류 작가의 길을 걷는 것도 괜찮지 않을까?”

“더는 일을 늘리지 말아주세요. 안 그래도 게임 시나리오를 본격적으로 써야 한단 말이에요.”

“그렇지만~, 나는 『후시카와의 통치력이 닿는 범위』만 관리하거든~.”

“그리고 문예라면, 나오토가 두 사람에게 버림받는 엔딩이 가장 호평을 받지 않을까요?”

“아~, 그것도 괜찮네~! 그럼 M문고의 편집장에게 기획서를 보내둘게~.”

“제발 부탁이니까, 그러지 말란 말이에요.”

우타하의 둘도 없는 은인이자, 이 세상에서 유일하게 고개를 못 들게 하는 사람은…….

마치다의 비장의 카드이자, 이 세상에서 유일하게 마음대로 할 수 없는 사람은…….

서로를 아주 약간 비틀린 시선으로 뜨뜻미지근하게 쳐다보며, 동시에 미지근해진 커피를 홀짝였다.

“이야~, 날씨가 화창해져서 다행이야~.”

“덥네요…….”

호텔을 나서자 초여름의 눈부신 햇살이 두 사람을 비췄다.

“자, 우선 오늘은 주인공들이 다니는 학교를 로케이션 헌팅하자. 오늘 안에 시내에 있는 사립 고등학교를 전부 돌아

보고 모델로 삼을 장소라도 정하는 거야!"
"……『처음으로 취재하는 학교가 이 작품의 무대에 가장 어울린다』라는 계시를 어젯밤에 꿈속에서 받았어요."
"그러니까~, 취재를 시작하기 전부터 농땡이 부릴 생각부터 하지 마!"
"하다못해 버스가 아니라 택시로 이동하면 안 될까요?"
"안 돼. 버스 통학을 하는 캐릭터가 있을지도 모르니까, 이것도 어엿한 취재의 일환이야."
올해 최고 기온을 틀림없이 갱신할 것 같은 엄청난 더위를 느낀 우타하는 본격적으로 돌아다니기 전부터 우는 소리를 늘어놓았다.
"하지만 저는 어제 밤새도록 플롯을 썼거든요? 도중에 몸이 나빠져서 쓰러질지도 몰라요."
"그건 네가 좋아서 한 거잖아?"
"좋아한다고 말한 적 없거든요? 누가 그렇게 무리만 시켜 놓고 아무런 보답도 하지 않는 프로듀서를 좋아한다는……."
"작품 제작을 두고 한 말인데……."
"물론 알고 있었어요. 그런 프로듀서가 만드는 작품을 제가 좋아할 리가 없잖아요."
"……."
"제가 혹시 이상한 소리를 했나요?"
우는 소리가 아니라 헛소리까지 늘어놓고 있는 느낌이 들지만, 아무튼…….

"응, 알았어. 그럼 출발~."

"벌써부터 지치네요……."

그래도 우타하는 우는 소리와 헛소리를 늘어놓으면서도, 이 믿음직한 인생의 선배를 따라갔다.

"그런데 아까 너희 방 근처에서 잠복을 하고 있을 때, TAKI군의 인간을 초월한 비명이 들렸거든? 너, 대체 걔한테 얼마나 심한 짓을 한 거야?"

"돌아갈래요. 지금 바로 돌아갈래요."

영광스러운 오타쿠의 개선

"아키하바라야……."

그렇다. 그곳은 아키하바라였다.

정확하게는 JR아키하바라역 전자상가 출입구다.

그리고 보충설명을 하자면, 전자상가 출입구를 나서서 왼쪽으로 돌면 보이는 건○카페와 A○B카페 같은 게 줄지어 있는 — 2015년 현재 — 광장 쪽이다.

"돌아왔어……. 나, 이 오타쿠의 성지에 돌아온 거야~!"

그런 오타쿠 거리의 중심에서 오타쿠 사랑을 외치는 여자애…… 그 여자애의 이름은 하시마 이즈미다.

어제까지 3년 동안 나고야라는 위대한 지방에서 살았고, 아버지의 전근에 따라 오늘 새벽 고속철도 첫차를 타고 도쿄로 돌아온, 오타쿠 공기에 굶주린 소녀다.

"U○X! 다○빌! 아○레 하키하바라! 변함이 없네~!"

지금 그녀가 『반갑다』고 여긴 건물이 10년 전에는 하나같이 완성되지 않았다는 사실이 그녀가 중학교 3학년에 불과하다는 점과 이 거리가 나날이 발전하고 있다는 사실을 부각시키고 있다고 여길 수도 있을 것 같기는 하지만, 일단 그건 제쳐두기로 하고…….

시골 촌뜨기처럼 도쿄를 찬미하고 있는 그녀를 아직 어느 매장도 열리지 않은 오전 아홉 시 전의 아키하바라를 돌아다니고 있는 출근 도중의 사람들은 신경 쓰지 않았…… 아니, 신경 쓰이더라도 다들 생판 남인 척 하면서 걸음을 옮겼다.

그렇다. 딱 한 명을 제외하고…….

"흐음, 이즈미는 아키하바라에 꽤 애착이 있구나."

"아, 오빠. 이렇게 이른 시간에 아키하바라에 가자고 해서 미안해."

"괜찮아. 어차피 아버지와는 저녁에 만나기로 했으니까, 그때까지 한가하거든. 오늘은 하루 종일 이즈미와 함께 다닐게."

오타쿠 거리의 한가운데에 있는 슈퍼 리얼충 느낌의 남자…… 그의 이름은 하시마 이오리다.

어제까지 3년 동안 이즈미와 마찬가지로 나고야에 살았으며, 오늘부터 도쿄 시민으로 스테이터스 체인지를 한 오타쿠와는 전혀 관련이 없어 보이는 인상 좋은 청년이다.

"괜히 나를 따라다니지 않아도 돼. 오빠는 아키하바라에 전혀 관심이 없잖아?"

"아니, 뭐…… 꼭 그렇지도 않아."

"그래도 내가 오늘 갈 곳은 전부 『그런 쪽』 장소거든?"

"때로는! 때로는 평소 관심 없는 『그런 쪽』 장소를 돌아보는 것도 나쁘지 않거든."

……적어도 이즈미가 알기로는 말이다.

"토라노○나! 게○머즈! 소○맵! 아아, 반가워라! 왠지 하나도 변하지 않은 것 같네!"

"토○노아나는 맞은편에 C점이 생겼고, 게이○즈 맞은편에 새롭게 라○오회관이 생겼지만 말이야."

"어? 오빠, 방금 뭐라고 했어?"

"아, 전부 다 나고야에서도 있었던 것 같은 느낌이 드는걸!"

"나고야에도 있기는 했지만, 이곳이 본점이라 규모도 다르거든! 그래서 감동을 억누를 수가 없어!"

"……그거 다행이네."

"아. 미안해, 오빠. 나 혼자만 흥분했네."

"뭐, 괜찮아……."

"쟌○라라멘! 스파게티 ○쵸! 전설의 ○타돈! 이 근처에는 나고야에서는 못 본 맛집이 잔뜩 있네!"

"오래된 가게라면 간○, 새로 생긴 가게라면 규카츠 이치○산을 추천하지만 말이야."

"어? 오빠, 방금 뭐라고 했어?"

"그, 그게, 하나같이 고칼로리 음식을 파니까 살찔지도 모른다고, 이즈미!"

"오빠도 참, 여자애한테 그런 소리를 하면 어떻게 해~."

"아, 아하하. 미안해."

그렇다. 이즈미가 『아키하바라 초심자』로 알고 있는 이오리는 사실, 그녀는 상대도 안 될 만큼 고도의 아키하바라 마니아다.

아키하바라에 있는 모 라이브하우스의 얼굴마담이기도 했고, 모 메이드카페의 오픈에 관여하기도 했으며, 업계인들이 모이는 이상한 술집의 단골이기도 한 것이다.

그것이 바로 여동생이자 오타쿠인 이즈미도 알지 못하는, 하시마 이오리의 숨겨진 얼굴이다.

이즈미보다 훨씬 레벨이 높고 질이 나쁜, 건달이라 불리는 망할 오타쿠의 진정한 모습인 것이다.

"그럼 역으로 돌아가자, 오빠. 길 건너편에 있는 코믹Z○n과 멜○북스도 체크해야지!"

"이쪽 길에도 멜론○스 2호점이 있는데 말이야."

"어? 오빠, 방금 뭐라고 했어?"

"아, 네가 하는 말을 도통 알아들을 수 없다고 말했어. 아하하……."

하지만 이오리는 지금까지 단 한 번도, 이즈미에게 자신의 그런 모습을 보여준 적이 없다.

그래서 이즈미에게 있어서 이오리는 조금 경박한 리얼충이면서도 오타쿠인 자신을 이해해주는 『상냥한 오빠』다.

그것이 그가 허세를 부린 결과인지, 아니면 떳떳하지 못하기 때문인지, 혹은 전략인지…… 그것을 정확하게 파악하고 있는 건 아직까지는 이오리 본인뿐이다.

※ ※ ※

"이케부쿠로야……."

그들의 다음 행선지는 이케부쿠로다.

정확하게는 JR이케부쿠로역 동쪽 출입구다.

보충설명을 하자면, 동쪽 출입구에서 걸어서 몇 분 거리에 있는 나카이케부쿠로 공원 옆에 있는 커다란 빌딩 앞이다.

"돌아왔어……. 나, 이 소녀의 성지에 돌아온 거야~!"

아키하바라를 한 시간 가량 돌아다닌 두 사람은 상점이 열릴 때까지 기다리지 않고, 야마노테 선을 타고 이 개점 직후의 건물 앞으로 왔다.

그렇다. 그곳은 바로 애니○이트 이케부쿠로 본점 — 2015년 현재 —.

여성향 게임인 『리틀러브 랩소디』로 오타쿠에 눈뜬 이즈미에게 있어, 진정한 성지는 아키하바라가 아니라 이 여성 오타쿠가 모이는 낙원인 것이다.

"오, 오빠. 나……."

그리고 그런 진정한 성지에 도착한 이즈미는 완전히 눈빛이 바뀌고 말았지만, 그래도 오빠가 마음에 걸리는지 눈동자가 흔들렸다.

"그래. 이즈미, 다녀와."

하지만 이오리는 그런 이즈미의 마음을 전부 알고 있기라도 한 듯이, 배려심이 묻어나는 목소리로 말하며 동생의 등을 슬며시 밀어줬다.

……실제로도 전부 알고 있지만 말이다.

"미, 미안해. 금방 돌아올게……."

"괜찮아. 나도 적당히 시간을 보내고 있을 테니까, 다 끝나면 전화를 줘."

"그, 그래? ……그럼, 진짜로 가도 되지……?"

"그래. 즐기고 와."

이오리가 그렇게 말하자, 방금까지 흔들리던 이즈미의 눈동자가 불꽃을 머금었다.

결의에 찬 표정으로 빌딩을 올려다본 이즈미는 두 팔에 힘을 꽉 주더니 그 바람에 강조된 가슴을 출렁거리며…….

"금방 갈게에에에에~! 미키야 러버스트래애애애앱~!"

이즈미는 그런 영문 모를 고함을 지르며 그대로 가게 안으로 사라졌다.

"자…… 그럼 나도 가볼까."

그리고 전장으로 향하는 여동생을 상냥한 눈길로 지켜본 이오리는 다음 순간, 여동생과 마찬가지로 전사의 눈빛을 머금었다.

"도쿄로 돌아왔으니, 일단 당분간의 활동자금을 조달해야겠지……."

하지만 이오리의 싸움은 여동생처럼 소비자로서의 전투가 아니다.

"서클 ○○○의 선○리 신간의 매입 가격은 8000, 서클××× 가 5000…… 흠, 이케부쿠로에서는 몇 권을 파는 편이 좋을까?"

그렇다. 그가 지금부터 향하려 하는 곳은 K-B○OKS의 이케부쿠로 점이다.

이벤트 배포 가격이 수백 엔인 책을 수천 엔, 많게는 만 엔이 넘는 가격에 팔아치우는 연금술사들의 전투를 펼치러 가는 것이다.

"도쿄는 배포가 커서 좋아……. 나고야와는 다르게 가격책정이 적절하다니깐."

참고로 그가 들고 있는 책은 줄을 서서 제한 권수만큼 사는 것을 반복한다고 하는 그런 멋대가리 없는 짓을 해서 손에 넣은 것이 아니다.

다양한 수법으로 만들어낸 인맥을 최대한 활용해서, 행사 시작 전에 인사를 나누며 미리 책을 확보하거나 반입 때 박스째로 빼돌려서 손에 넣은 것이다. 즉, 별다른 수고를 들이지 않고 손에 넣은, 비용 대비 효과가 상당한 물건이다.

이오리의 좌우명은 과거에 건○W의 모 캐릭터가 말했던 『매사를 엘레강트하게 처리하라』였다…….

※ ※ ※

"만세~! 캔 배지와 클리어 파일 뿐만 아니라, 슬리브까지 손에 넣었어~!"

"그, 그랬구나……. 잘 됐네, 이즈미."

결국 두 사람이 이케부쿠로에서 전철을 탄 것은 점심시간을 한참 지났을 즈음이었다.

그렇다. 두 사람은 점심을 먹는 것도 깜빡한 채, 쇼핑과 판매에 푹 빠져 있었던 것이다.

"나고야에서는 발매 당일에 가도 좀처럼 못 샀거든~. 예약도 금방 마감되어버리는데다, 겨우겨우 사게 되어도 1인당 한 개만 팔았어."

"흐, 흐음, 그랬구나……. 이즈미도 고생이 많았네."

"……아, 미안해. 오빠가 알아듣지도 못할 소리를 늘어놨지?"

"아, 괜찮아……."

이즈미가 방금 한 말은 이오리에게 있어서 확실히 신선했고, 또한 알아듣지 못할 소리였다.

하지만 그것은 이즈미가 상상하는 『알아듣지 못할 소리』와는 전혀 다른 의미였다.

왜냐하면, 이오리에게 오타쿠 상품이란 『돈과 커넥션으로 얼마든지 손에 넣을 수 있는』 물건이기 때문이다.

"하지만 진심으로 가지고 싶던 물건을 손에 넣었을 때의 행복감은 정말 최고야!"

"그렇구나."

"응. 이건 전부 토모야 선배 덕분이야~."

"……그렇, 구나."

이즈미는 이오리가 아니라 『그』의 영향을 받아서 오타쿠 세계에 발을 들여놓았다.

원하는 물건이 있다면, 지정된 시간에 줄을 서고, 올바르게 예약을 해서, 정해진 금액을 지불한 끝에 손에 넣는다.

그런 올바른 규칙 속에서 최선을 다했는데도 그 물건을 손에 넣지 못한다면, 포기하지 않고 다음 싸움을 기다린다.

판매 측에 불평을 하거나, 인터넷에서 험담을 퍼뜨리지도 않는다.

그리고 되팔이가 많은 옥션에서는 절대 물건을 손에 넣지 않는다.

누군가와 교섭을 해서 물건을 주고받더라도, 어디까지나 그 상품의 정식 판매 가격을 기준으로 한다.

제작자에게 돈이 전해지지 않는 거래는 절대 하지 않는다.
정정당당하기에 성가시고, 귀찮으며, 승산이 적은 그런 싸움은 이오리가 보기에 어리석어 보였다.
하지만…….
"우후후후후~. 해냈다. 해냈어어어어……."
"……."
이렇게 방금 산 굿즈를 꼭 끌어안으며 행복한 표정을 짓고 있는 이즈미를 보자, 이오리는 그런 감각을 지닌 자신이 행복하다고 단언할 수 없었다.

※ ※ ※

그리고 해가 서쪽으로 기울면서 아주 약간 빨개졌을 즈음…….
"드디어, 드디어 왔어……. 도쿄 빅사이트으으으~!"
"……그래."
두 사람은 린카이선 전철의 지하 플랫폼에서 내린 후, 국제전시장 역의 출입구를 통해 도쿄 빅사이트의 위용을 올려다보았다.
"역시 여기서 보는 경치는 최고야. 오타쿠의 꿈 그 자체라니까……. 아, 미안해. 오빠는 이해가 안 되지?"
"아, 그렇지는…… 뭐, 나는 이 경관을 보고 왜 감동하는

건지 이해가 안 되긴 해."

그렇다. 이오리는 이 장소를 보고도 딱히 감동하지 않았다.

……왜냐하면, 이오리는 항상 린카이선이 아니라 유리카모메의 국제전시장 정문 역을 이용해서 빅사이트에 오기 때문이다.

지하의 어두운 터널을 지나는 것보다, 바다 위에서 내려다보는 오다이바의 풍경이…… 구체적으로는 후지TV 빌딩을 좋아하는 것이다.

『방송국 프로듀서가 되어서 자기 뜻대로 애니메이션을 만든다』라는 선택지 또한 이오리의 머릿속에 쭉 군림해온 미래였다. 노이타미나 만세~.

"이 계단을 올라가면 웨스트 4층의 기업 부스로 이어져! 이쪽 입구로 들어가면 서클 부스가 있어! 들어가서 왼쪽이 동관, 오른쪽이 서관이야!"

서관의 계단을 올라가서 전시장 입구로 향하자, 안 그래도 텐션이 높던 이즈미의 목소리가 더욱 상기되었다.

"어이, 이즈미. 뛰지는 마."

"아, 맞다……. 코믹마켓 개최 중에는 뛰면 안 되고, 에스컬레이터에서 걸어도 안 되지~."

"아니, 그런 이벤트 때의 이야기를 하는 게 아니라……."

이오리는 동생을 좀 진정시키려 했지만, 한껏 치솟은 이즈미의 열기는 눈곱만큼도 식지 않았다.

하지만 그것은 최근 몇 년 동안의 그녀를 돌이켜보면 충분히 납득이 되었다.

"드디어 코믹마켓이야…… 다음 달이 서클 참가야. 축제야……!"

"아, 그러고 보니 그랬지."

하시마 일가가 아버지의 일 때문에 나고야로 이사를 가게 되었을 때, 가장 격렬하게 저항했고 가장 많이 울었으며, 가장 떼를 쓴 사람은 바로 이즈미다.

사실 고등학교 수험을 1년 앞둔 이오리가 더 영향을 받았겠지만, 그는 나고야에서의 생활 — 은거 — 을 순순히…… 아니, 여유롭게 받아들였다.

그 판단 안에는 『도쿄에는 언제든 돌아올 수 있다』는 여유, 『우선 지방을 장악하는 것도 나쁘지 않다』는 계산, 그리고 『성가신 관계가 된 여자애들과 인연을 끊을 찬스다』라는 계산이 존재했다는 일단 제쳐두겠다.

"토모야 선배는 와줄까? 내 동인지를 읽어줄까……?"

"……글쎄."

하지만 이오리보다도 두 살 어린 이즈미는 각오도, 경험도, 음험함도 없다. 그저 자신의 오타쿠 취미를 함께 이야기할 유일한 오타쿠 친구(토모야)와 헤어지는 것을 그저 슬퍼한 것이다.

……뭐, 그 이성 친구를 향한 호의가 단순한 동지애에서

비롯된 것인지는 당시 초등학생이었던 이즈미가 알 리 없으며, 이오리 또한 판단을 내리지 못했다.

“저기, 토모야 선배…… 저, 여기까지 왔어요.”

두 사람 이외에는 아무도 없는 빅사이트의 광장에서 이즈미는 하늘을 올려다보며 자신의 마음을 입 밖으로 토했다.

“게임을 좋아하고, 애니메이션을 좋아하며, 나고야에서도 쭉 힘냈어요.”

……만약 일반인이 이 광경을 봤다면, 분명 어처구니없게 느껴졌을 것이다.

“친구가 몇 명이나 생겼고, 조그마한 이벤트에도 몇 번 참가했을 뿐만 아니라, 책도 몇 권이나 냈어요.”

하지만 이 자리에는 가족뿐이다.

그것도 오타쿠인…….

“그러니까, 이번 여름 코믹마켓에 꼭 와요……. 그리고 제 동인지를 읽어주세요……!”

그래서 이오리는 여동생이 중2병 느낌 물씬 나는 혼잣말을 하고 있는 광경을 아주 약간 눈부시게 느끼며 쳐다보고 있었다.

그리고 가슴속에서 미세한 고통을 느꼈다.

“……어?”

바로 그때, 자신의 가슴을 쳐다본 이오리는 호주머니에 넣어둔 스마트폰이 진동하고 있다는 것을 느꼈다.

아무래도 방금 느낀 고통은 감정에서 비롯된 것이 아니라 이 진동 때문인 것 같았다.

"아."

그리고 자신에게 전화를 한 상대는…….

"예, 이오리……."

『오늘 도착했다며? 어서와~.』

방금 이오리가 느낀 센티멘털리즘을 박장대소급 코웃음으로 조롱하며 하이힐로 자근자근 짓밟을 것 같은 천재 아줌마였다.

"아카네 씨는 여전히 정보력이 엄청나네요."

『너는 일부 사람들한테서 유명하잖아. 아키하바라와 이케부쿠로에서 연락이 쇄도하지 뭐야~.』

"환영받고 있는 걸까요? 아니면 꺼리고 있는 걸까요?"

『글쎄. 여자들한테는 환영받고 있고, 남자들한테는 빈축을 사고 있는 느낌일걸?』

"아카네 씨한테는요?"

『에이, 나도 어엿한 여자거든~?』

"……그거 감사하네요."

이오리에게 전화를 건 상대의 이름은 코사카 아카네.

책을 냈다 하면 100만부는 기본으로 팔아치우는 인기 만화가이자 만화 원작자.

그리고, 이오리의 동인건달 능력을 꿰뚫어보고, 자신의 서클인 『rouge en rouge』에 프로듀서로 영입한 장본인이다.

또한, 이번 여름 코믹마켓부터 서클 운영을 이오리에게 맡기고, 상업 쪽 업무를 더 늘리려고 기획 중인 슈퍼 크리에이터였다.

『반응이 밋밋하네~. 데이트 중에 방해한 거야?』

"……혹시 저를 보고 있는 거예요?"

『내 시야에 들어온 네 잘못이야.』

"……지금, 어디에 살고 계셨죠?"

『지난달부터 아리아케~.』

"……."

주위를 둘러보니 어느새 이 근처에도 국제전시장보다 훨씬 높은 타워 맨션이 세워져 있었다.

그 맨션들은 하나같이 억대는 호가할 것 같은 로케이션과 호화로움을 갖추고 있지만, 그녀의 재력이라면 그 정도는 아무 것도 아니리라.

『그런데 뭐야? 지금 데리고 있는 애가 일전에 말했던 엄청난 일러스트레이터야? 카시 뭐시기라는 이름의…….』

"아뇨. 제 동생이에요. 친동생이죠."

참고로 카시뭐시기가 아니라 카시와기 에리다.

『뭐야~. 잠자리 테크닉으로 벌써 자기 걸로 만들 줄 알고 감탄했는데 말이야.』

“죄송한데, 여동생이 옆에 있다고 방금 말씀드렸죠? 좀 작은 목소리로 말해주세요.”

뭐, 재력이 있든 없든, 이 노처녀의 본성이 변할 리 없다는 것은 그녀와 오랫동안 알고 지낸 이오리가 누구보다 잘 알고 있었다.

『뭐, 좋아. 이번 여름 코믹마켓 때 그 애를 영입할 거라고 했지? 그때 가서 얼마나 쓸 만한지 확인해 보겠어.』

“기대해 주세요. ……저와 동갑이지만, 꽤 안정적인 그림을 그리거든요.”

『에이, 안정적인 크리에이터는 재미없어~. 빌어먹을 정도로 차이가 큰 녀석은 없는 거야?』

“저는 아직 당신에게 버금가는 괴물을 컨트롤할 자신이 없어요.”

『뭐야~. 이오리, 너는 아직 젊으니까 그런 소리 하지 마~.』

“젊으니까 알고 있는 거예요……. 『지금의』 제 실력을 말이죠.”

『……호오~.』

“뭐, 잠시만 더 지켜봐주세요. ……곧 당신이 있는 곳까지 기어 올라가겠어요.”

그리고, 그런 그녀의 말에 이끌리듯…….

아니, 동조하면서 이오리는 평소 모습을 되찾았다.

“그래요……. 고등학교를 졸업할 즈음에는, 저도 아리아케의 맨션에 살겠어요."

최강의 동인 건달이 된다고 하는, 어이없는 야망을 품고 있는 자에게 걸맞은 표정이 이오리의 얼굴에 어렸다.

『참~, 아래층에 말이지? 너라면 지금 바로 살게 해주겠다는 애가 있어. 소개해줄까? 남자가 좋아, 여자가 좋아?』

"……아직은 한 명의 여성, 아니, 남성에게도 얽매이고 싶지 않거든요!"

『질리면 다른 애로 갈아타면 되잖아. 그래야 제대로 된 동인 건달 아니겠어?』

"아니, 그건 제비 같은데요……. 아카네 씨는 여전히 지독하네요."

『일본에서 가장 지독한 녀석이 되겠다는 녀석이 이제 와서 무슨 소리를 하는 거야?』

"저는, 오타쿠로서 누구에게도 지고 싶지 않을 뿐이에요."

그렇다. 설령 둘도 없는 절친한테도…….

"오빠, 슬슬 가볼까? 아빠와 만나기로 한 시간이 다 되었잖아."

"그래~. 알았어, 이즈미. 그럼 아카네 씨, 이만 끊을게요!"

그리고 이오리는 그렇게 거무튀튀한 이야기를 나눈 직후인데도 불구하고, 순식간에 『여동생에게 휘둘리고 있는 착한 오빠』다운 표정을 지으며 이즈미의 뒤를 따랐다.

"그런데, 내가 들어갈 중학교의 교복은 집에 와있을까?"
"그건 개학식 때부터 입는 거지? 아직 한 달 넘게 남았잖아."
"하지만 토모야 선배를 만나러 갈 때, 그걸 입고 가고 싶단 말이야!"
"아하~, 그렇구나."
"토요가사키 학원은 내일 방학식을 하잖아? 즉, 내일이 마지막 기회야."
"아니, 여름방학이 시작된 후에 토모야 군의 집으로 인사를 하러 가면 되지 않아?"
"오빠는 뭘 모르네. 나는 여동생 타입 후배거든? 교문에 기대서서 주인공이 나올 때까지 기다려주는 게 바로 정석이야!"
"너는 진짜 토모야 군에게 물들…… 영향을 받은 것 같네."
"그런데 오빠는 내일 어떻게 할 거야?"
"아, 나도 지인을 만나러 갈 생각이야. ……내 최대의 적이지."
"그럼 오빠답지 않게 남자를 만나러 가는 거네?"
"아니, 그러니까 이즈미…… 뭐, 맞아."
모처럼 의미심장한 한 마디를 입에 담았지만 자초지종을 모르는 이 순진무구한 여동생이 전혀 이해하지 못하자, 이오리는 가볍게 한숨을 내쉬었다.
"뭐, 됐어. 그럼 오빠, 역으로 돌아가자."
"저기, 이즈미. 기왕이면 유리카모메를 타고 가지 않겠어?"
"그럼 빙 둘러서 가는 거 아냐?"

"뭐, 아버지한테 좀 기다려 달라고 하면 되잖아."

겉보기에는 그저 사이 좋은 남매다.

아니, 아마 진짜로 사이 좋은 남매일 것이다.

그저, 오빠가 동생에게 크나큰 비밀을 하나 가지고 있을 뿐이다.

『토모야 선배, 기다려줘요…….』

『드디어 승부를 하게 됐네, 토모야 군.』

두 사람이 떠올린 상대는 아이러니하게도 같았다.

하지만 두 사람이 품은 감정은 완전히 정반대였다.

여동생은 새하얀 미소를, 오빠는 검은 미소를…….

……남매는 그런 대조적인 미소를 짓고 있었지만, 두 사람 다 눈동자가 찬란히 빛나고 있었다.

소중한 친구, 소중한 토모

주석1 :

이 SS는 제반사정에 따라 TV애니메이션 『시원찮은 그녀(히로인)를 위한 육성방법』 Blu-ray&DVD 제7권의 중대한 스포일러를 담고 있습니다. 스포일러를 피하고 싶으신 분은 우선 7권을 먼저 감상한 후에 읽어 주십시오.

주석2 :

또한, 『미치루 이외의 누가 말하는 건지 모르겠다』는 분께서는 기본적으로 토키노→에치카→란코 순서로 말을 하니 참고해주십시오.

※ ※ ※

방과 후의 음악실에 쏟아지는 햇살이 조금씩 적막감을 머금기 시작하는 9월…….

"가, 가출~?!"

……하지만, 그런 어둑어둑한 실내에 어울리는 정적을 찢는 듯한 목소리가 주위에 울려 퍼졌다.

"쉬잇! 목소리가 너무 커, 토키!"

"하, 하지만, 놀랐으니까 어쩔 수 없잖아! 미, 미미미미, 밋치, 이제 어떻게 할 거야?!"

꽤나 당황한 듯이 펄쩍펄쩍 뛰며 그렇게 말한 이는 사이드 포니테일이 잘 어울리는, 아담한 체구의 귀여운 여자애다.

츠바키 여자 고등학교 2학년 5반, 히메카와 토키노…… 멤버들은 그녀를 토키라는 별명으로 부른다.

"어쩌긴 뭘 어째. 우리의 밴드 활동을 허락해줄 때까지는 집에 돌아가지 않을 거야……. 이건 우리 밴드, 『icy tail』의 패도(霸道)에 대한 명백한 방해공작이야!"

"네가 부모와 사이가 나쁜 걸 우리 책임으로 떠넘기지 마~."

그 뒤를 이어 약간 냉정하고 시니컬한 태클이 들렸다.

"에이~. 에치카, 말이 너무 심하잖아!"

"우리는 딱히 나쁜 짓을 하고 있는 게 아니거든? 그리고 너 말고는 전부 부모님에게 허락을 받았어."

책상에 올려놓은 손으로 턱을 괴고, 주근깨투성이인 얼굴에 어이없다는 표정을 지은 단발머리 여자애가 그렇게 말했다.

츠바키 여자고등학교 2학년 1반, 미즈하라 에치카…… 멤버들은 그녀를 에치카라는 별명으로…… 아, 이건 그냥 본명이네요.

“그렇게 매정한 소리 하지 마~! 『icy tail』은 우리 넷 모두의 밴드잖아!”

“……응. 밋치의 말이 맞아.”

그리고 온화한 목소리가 이곳의 가라앉으려는 분위기를 상냥히 감쌌다.

“라, 란코……. 나를 이해해주는 건 너 뿐이야……!”

“응. 그러니까 힘내, 밋치. 우리는 멀찍이 떨어진 곳에서 손만 흔들고 있을게.”

“잠깐만! 그럼 도와주지 않겠다는 거야?!”

“응. 자비는 없어.”

땋은 머리카락을 만지작거리고 있는 약간 볼륨감 있는 몸매가 매력적인 여자애가 상냥한 어조로 신랄하기 그지없는 말을 입에 담았다.

츠바키 여자고등학교 2학년 5반, 모리오카 란코…… 멤버들은 그녀를…… 아, 예. 그냥 란코라고 부릅니다.

“하아, 정말! 여자의 우정이라는 건 겨우 이것밖에 안 되는 거야?! 내가 인생에 절망해서 자포자기해도, 그냥 내팽개쳐 둘 거냔 말이야~!”

그리고 아까부터 이 세 사람과 말다툼을 벌이고 있는 소녀의 활기차고 보이시하며 매사에 대충대충인 듯한 목소리가 또 들려왔다.

"그거야말로 록이야, 밋치~."

"맞아. 약이나 남자에게 빠져서 헤어 나오지 못하는 거 말이야~."

"……밴드 활동에 영향이 없을 정도라면, 네가 무슨 짓을 하든 눈감아줄게."

"너무해~!"

멤버들이 말도 안 되는 소리를 늘어놓으며 자신의 말을 부정하자, 키가 크고 탄력적인 몸매가 매력적인 여자애가 독특한 느낌의 단발머리를 마구 휘날리며 화를 냈다.

츠바키 여자고등학교 2학년 3반, 효도 미치루…… 본인의 뜨거운 열망에 따라, 멤버들은 그녀를 밋치라고 부른다.

이 네 사람이 모인 곳은 도쿄에 있는 토요가사키 학원……이 아니라, 관동의 어떤 현에 있는 츠바키 여자고등학교의 음악실이다.

아까 그녀들이 이야기한 것처럼, 한동안 학교를 결석하다 오래간만에 — 점심때가 지나서 — 등교한 미치루와 함께 과외활동을 하고 있었다.

"뭐, 밋치에게 할 말은 산더미처럼 많지만 우선 이 문제를 어떻게든 해결해야 해."

"맞아~. 일단 한동안은 각자 자율연습을 하더라도 말이야~."

"……라이브 제의도 들어온 상황인데, 함께 연습을 못하는 건 문제네."

"알아! 나도 안단 말이야~! 일주일 안에 어떻게든 해볼게!"

참고로 그녀들이 이렇게 골머리를 썩이고 있는 건…… 대화를 듣고 이미 눈치를 챘을 거라고 생각하지만, 바로 밴드 활동 때문이다.

토키, 에치카, 란코가 이 학교에 입학 한 후에 결성한 이름 없는 걸즈 밴드에, 밋치가 도중 가입을 한 것이 약 1년 전의 일이다.

멤버가 네 명이 되고, 교내에서 엄청난 인기를 구가하고 있는 — 참고로 이 학교는 여고다. — 미치루가 보컬을 맡게 된 그 밴드는『icy tail』이라는 이름과 문화제에서 스테이지를 대성공 시킨 훈장을 거머쥐었다. 지금은 교내만이 아니라 인근 라이브 하우스에서도 화제가 되고 있는 인기 밴드로 거듭나고 있었다.

그런 만큼, 이렇게 중요한 타이밍에 밴드 활동의 존속이 걸린 문제에 직면하는 것 자체가 매우 문제였다.

"그럼 일주일이나 가출을 할 생각이야?! 밋치, 그건 좀 문제 아니야?"

"인터넷 카페에서 지내는 것도 한계가 있잖아~. 그냥 란코네 집에서 지내는 게 어때?"

"……잠깐, 왜 우리 집인데?"

"그, 그야 우리 방에 밋치를 데려갔다간 오타쿠인 게 들통…… 그, 그게, 엄청 어지럽혀져 있거든!"

"하지만 란코는 저레벨 오타쿠…… 간소하니까, 방에 물건이 많지도 않을 거잖아~."

"……그 말은 여러 의미에서 나한테 무례한 소리 아니야?"

이 순간, 세 사람은 매우 위험한 스포일러성 발언을 하고 있었다.

"아~, 그거라면 걱정하지 마. 일단 토모네 집에서 신세를 지고 있거든."

하지만 자기 앞가림을 하느라 정신이 없던 미치루는 그런 엄청난 대화에 대해 추궁하지 않고 그냥 무시했다.

"토모?"

"그게 누구야?"

"……혹시 남자애야?"

"……아."

하지만 이 세 사람에게는 미치루의 엄청난 실언을 그냥 무시하고 넘어가줄 의리가 없었다.

※ ※ ※

"사, 사촌?!"

"진짜로 남자애였네!"

“……게다가 동갑인 거야?”

“자, 잠깐만, 왜 그런 반응을 보이는 거야? 그냥 내 친척일 뿐이거든?”

어찌된 영문인지 세 사람은 이와 같이 엄청 관심을 보였다.

“하, 하하하하지만, 같은 날에 같은 병원에서 태어났다며?!”

“친척 집에 매년 같이 묵으면서, 단둘이서 야산을 뛰어다녔다며?”

“……함께 목욕을 했다며?”

“에이~, 그 정도는 친척끼리라면 다들 하는 거잖아~.”

평범한 여자애들은 동갑내기 남자 사촌이 있다는 말만 듣고 이렇게 엄청난 반응을 보이지 않을 것이다. 그러나…….

“무슨 소리를 하는 거야~. 그건 이미 개별 이벤트야~.”

“플래그가 완전히 세워졌네!”

“……밋치는 공략대상 히로인 중 한 명이 틀림없어~.”

“이벤트? 플래그? 공략? 그게 무슨 소리야?”

“아, 그게…….”

“그러니까…….”

“……저기.”

그녀들이 이런 특수한 반응을 보인 것에는 이유가 있었다.

그것은 바로…….

“애초에 토모 녀석은 건방지게도 토요가사키에 들어간 데다, 아까도 말했다시피 오타쿠거든? 그래서 그렇고 그런 쪽으로는 전혀 반응을 안 해~.”

“토요가사키?!”

“게다가 오타쿠?!”

“……완전 슈퍼 우량매물이네.”

“뭐?”

“아, 그게…….”

“그러니까…….”

“……저기.”

이정도면 다들 눈치챘을 것이다. 도쿄에 있는 사립 중에서도 상류층 자제들이 다니는 곳으로 꽤 유명한 토요가사키에 다닌다는 점 못지않게, 아니, 그것보다도 『오타쿠』라는 점을 그녀들이 더욱 높게 치며 『수퍼 우량 매물』이라 칭찬했다는 사실을 말이다.

“저, 저기, 밋치……. 그 애는 꽤 멋진 편이야?”

“무슨 소리를 하는 거야? 상대는 완전 오타쿠거든? 방에 애니메이션과 게임이 산더미처럼 있고, 벽에는 포스터가 잔뜩 붙어 있어.”

“아니, 그래서 더…… 아니, 그런 건 신경 안 써!”

“……토키?”

츠바키 여자고등학고 2학년 5반, 히메카와 토키노…… 실은 성우(남녀불문) 마니아이며, 매달 오타쿠 라이브에 다니는『성우 오타쿠』다.

“네 사촌이니까~, 얼굴은 꽤 반반할 것 같아.”

“뭐, 어릴 적에는 나보다 더 귀엽다는 소리를 친척들한테 듣긴 했어. 지금도 안경을 벗으면 꽤…… 하, 하지만 오타쿠라서 여자애한테는 흥미가 없는 것 같아.”

“그런 건 만나봐야 알 거 아냐! 소개해줘~. 밋치, 혼자만 즐기려고 하지 말란 말이야~.”

“……에치카?”

츠바키 여자고등학교 2학년 1반 미즈하라 에치카…… 실은 니코○코 동화의 보컬로이드 프로듀서나 가수에게 완전히 빠져서, 오프라인 이벤트 후에 그대로 호텔에 끌려갈 뻔한 적도 있는,『보컬로이드 마니아』다.

“……하자, 밋치.”

“뭐, 뭘 말이야?”

“……그러니까, 으음, 미팅 같은 거 말이야.”

“……란코?”

츠바키 여자고등학교 2학년 5반, 모리오카 란코…… 실은 중학생 때 본 모 밴드 애니메이션에 빠져서 수십만 엔이나 하는 드럼세트를 온라인으로 사버린『저레벨 오타쿠』다.

그럼 이즈음에서 독자 여러분에게만 진실을 알려드리겠다.

사실 이 밴드 멤버 중에서 미치루 이외에는 전원이 주모자…… 아니, 오타쿠다.

1학년 때, 같은 반이었던 세 사람은 란코가 우연히 가방에 달고 있던 모 밴드 애니 캐릭터의 스트랩을 보고 의기투합해 애니메이션 음악 밴드를 결성하기에 이른다.

하지만 친구들끼리 적당히 연주를 하며 즐기기만 하던 이 이름 없는 애니메이션 밴드에 이 학교의 인기인이자 오타쿠와는 거리가 먼 미치루가 들어오면서, 밴드의 방향성이 미묘하게 바뀌었다.

아니, 연주하는 음악의 방향성은 변하지 않았지만, 자신들이 연주하는 곡을 『애니메이션 곡』이라 표현하지 않았으며, 평범한 걸즈 밴드인 척 행동하게 됐다…… 주로 미치루 앞에서 말이다.

"오타쿠라도 상관없어! 밋치의 사촌을 만나보고 싶어!"

"소개해줘, 소개해줘~. 토모를 소개해줘~."

"미팅, 미팅."

그녀들에게 있어, 도쿄에 있는 상류층 사립고에 다니는 오타쿠 남자애란 존재는 대외적으로도, 그리고 취미에 비춰봤을 때도 더할 나위 없는 상대인 것이다…….

"자, 잠깐만…… 너희들, 진심으로 하는 말이야?"

"당연히 진심이지! 여고에 다니는 애들은 이성을 만날 기회가 적단 말이야~."

"다른 여고도 그런 건 아니거든? 우리 학교만 그렇거든?"

"미팅, 미팅."

그녀들이 뜻밖의 공세를 펼치자, 미치루는 무심코 쓴웃음……을 짓지 못하고 어리둥절한 반응을 보이며 당황했다.

"하, 하지만…… 토키는 전철에서 자주 마주치는 이케나가 공고의 남자애가 신경 쓰인다고 전에 말했잖아?"

"그거랑 이건 다르다고! 이성을 만날 기회는 아무리 많아도 부족할 지경이거든?"

"에, 에치카는 이미 남자친구가 있지 않아? 그렇게 자랑을 했잖아!"

"아~, 걔는 그냥 친구야~. 친구는 몇 명이 있든 상관없잖아?"

"란코는…… 지금은 드럼에 집중하고 싶으니까, 애인을 만들 여유가 없다고 했잖아…… 그 말은 거짓말이었어?!"

"……다양한 것에 흥미를 가지는 것이 음악의 성취에 도움이 되기도 해, 밋치."

"으, 으음. 하지만, 저기 그러니까……."

친구들이 한 걸음도 물러서지 않자, 새파랗게 질려있던 미치루의 얼굴이 점점 붉은 색으로 물들었다.

"…………절대 소개시켜줄 수 없어. 다들 무슨 소리를 하는 거야?"

""""어?""""

그리고 미치루는 폭발했다.

"어차피 내 친척이 오타쿠라는 걸 가지고 놀리며 웃음거리로 삼으려는 거지?"

"어? 잠깐만, 밋치? 우리는 놀릴 생각이 전혀……."

"진짜 열 받네……. 너희가 토모에 대해서 뭘 안다고 그런 짓을 하려는 건데?"

"그, 그러니까, 일단은 만나봐야……."

"만나보고 결국 비웃을지도 모르잖아……. 내면은 전혀 보지 않고, 오타쿠라는 점만 가지고 놀릴지도 모르잖아!"

"……어? 어어어?"

세 사람 다 『오타쿠를 바보 취급하고 있는 건 밋치 같은데……』 하고 태클을 걸고 싶었지만, 이 불합리한 분노에 아무말도 못하고 멍하니 미치루를 쳐다보기만 했다.

"안 돼. 절대 안 돼. 토모를 비웃거나 놀려도 되는 건 바로 나뿐이야. 왜냐하면 그 녀석은 나만의 부하거든."

"우, 우와아……."

"그리고 토모는 사실 오타쿠같은 게 아니거든? 원래는 심지가 굳고, 여차할 때는 믿음직한 남자애야……. 나, 그런

토모에게 몇 번이나 도움을 받았단 말이야…….”

“그, 그래? 다행이네…….”

“하지만 그런 건 전혀 알지 못하면서 아예 만나본 적도 없는 토모를 웃음거리로 삼는다면…… 아, 상상만 해도 정말 화나!”

“……미, 밋치? 진정해.”

“하아, 다 나가! 잠시만 혼자 있게 해줘.”

※ ※ ※

“어, 어떻게 하지?!”

“뭘 말이야?”

“……밋치의 분노가 가라앉을 때까지 기다릴 수밖에 없어.”

음악실에서 흘러나온 격렬한 음색이 문 너머에 있는 복도에까지 전해졌다.

방과 후에 느닷없이 시끌벅적한 연주가 시작된 가운데, 음악실에서 허무하게 쫓겨난 세 사람은 복도 구석에서 난처한 표정으로 서로를 바라보며 한숨을 내쉬었다.

“지금 이 상황만이 아니라, 가출 자체도 문제인 거 아냐?!”

“밋치가 연습에 참가하지 못한다면, 우리는 그냥 개점휴업 상태야~.”

“……허울 좋은 리더라 미안해.”

그렇다. 현재 세 사람은 한숨을 쉴 수밖에 없다.

4인조 그룹 『icy tail』은 보컬인 미치루에게 완전히 업혀가고 있는 상황이었다.

지금은 『미치루가 없으면 돌아가지 않는 밴드』라기보다, 『그냥 저 녀석 혼자 활동하는 게 낫지 않을까』 싶은 밴드가 되어가고 있었다.

"역시 어떻게든 밋치를 설득해서 집으로 돌아가게 해야 하지 않을까?"

"하지만 이대로 남자와 같이 살게 둬서, 그 전말을 확인해 보고 싶기도 해."

"……나도 좀 흥미가 있네."

"아, 안 돼! 솔직히 말해 밋치는 남자한테 면역이 눈곱만큼도 없잖아!"

"그러니까 한 번 빠져버리면 헤어 나오지 못할 것 같아~."

"……이번에는 에로 쪽으로 재능을 꽃피울지도 몰라."

이런 상황에도 세 사람은 걱정을 하는 건지 부추기는 건지 모를 알쏭달쏭한 대화를 나누고 있었다.

하지만 어쩔 수 없었다. 왜냐하면 지금 — 뿐만 아니라 — 미치루가 안고 있는 문제는 하나같이 동정의 여지가 없기 때문이다.

부모와 다투는 일도 어제오늘 시작된 것이 아니며, 가출해서 남자애와 한집에서 살고 있다는 사실을 폭로한 사람

또한 미치루 본인이다.

게다가 그녀가 『토모』라 부르는 동갑내기 사촌 남자애를 자기가 오타쿠라 부르며 바보취급 해놓고, 남이 바보 취급…… 하지도 않았는데, 멋대로 착각을 하며 불같이 화를 냈다.

그리고 세 사람은 알지 못하지만, 사실 미치루는 그 『토모』에게 『우리 밴드의 여자애를 소개해줄까?』 같은 농담을 하기도 했던 것이다.

지금 미치루의 모습은 그녀들이 보기에 마치 사촌인 그를 자기 소유물로 여기는 것 같은 느낌이었다.

"하지만 방금 밋치는…… 꽤 모에하지 않았어?"

"완전 모에 그 자체야~."

"……귀여웠어."

애니메이션과 게임에 나오는 『평소에는 남자처럼 굴지만 때때로 여성스러운 반응을 보이는 폭력 타입 러브러브 친척 히로인』의 계보를 미치루에게서 느끼고, 가슴이 콩닥콩닥 뛰고 있었다.

※ ※ ※

"저, 저기, 밋치."

음악실의 기타 소리는 30분 후에야 멎었다.

"우리도 나름 생각을 해봤는데."

세 사람이 머뭇거리며 문을 열어보니, 기타를 안아든 미치루가 30분 전보다 개운해 보이는 표정으로 책상에 걸터앉아 있었다.

"……우리는 무슨 일이 있어도 밋치 편이야."

세 사람은 미치루의 개운한 표정을 보고 용기를 얻어 자신들의 마음을 전했다.

"저기, 그 토모라는 남자애의 방에서 얼마든지 지내도 돼."

"맞아. 확 그 애를 덮쳐…… 아니, 그 애 방에 눌러앉아버리는 거야."

"……차근차근 네 아버지를 설득해봐, 밋치."

『지금 이대로 두는 편이 재미있을 것 같으니까, 좀 더 상황을 살펴보자』라는 매우 무책임한 마음이었다.

……아니, 그뿐만이 아니었다. 이대로 둔다면 그녀들이 쭉 바라왔던 『진짜 꿈』에 다가갈 수 있을지도 모른다는 생각도 했다.

미치루가 이대로 사촌 남자애와 친해지면서 그의 영향을 받아 오타쿠에 물든다면 『icy tail』은 애니메이션 밴드로서 제2의 인생을 걸어갈 수 있을지도 모른다.

"응. 알았어. 고마워."

음흉하지만 강렬한 그 마음을 느낀 미치루는 그제야 환한 미소를 머금었다.

"……그리고, 다들 여러모로 미안해."

그것은 모두가 보고 싶었고 사랑해 마지않는 히어로의 미소였다.

결국, 세 사람에게 있어 효도 미치루란 존재는 여자애라기보다, 신이자, 동경하는…… 구세주인 것이다.

"나, 힘낼게……. 아무리 시간이 걸려도 포기하지 않을 거야."

"바로 그 마음가짐이야, 밋치!"

"네가 없는 동안, 밴드는 우리한테 맡겨둬!"

"……꼭 지킬게. 밋치가 돌아올 장소를 반드시 지키겠어."

그러니 이번에는 자신들이 히어로를 구할 차례다.

그 마음에 호응하듯, 자연스럽게 둘러선 네 사람은 라이브 전에 하듯 손을 모으며 기합을 넣었다.

"응. 해 볼게……. 반드시, 토모를 리얼충으로 만들겠어!"

""""……뭐?""""

……그리고 원래라면 다음 순간 그녀들의 힘찬 목소리가 울려 퍼져야 할 교실에는 미묘한 정적만이 감돌았다.

"그리고…… 누구에게 소개해도 부끄럽지 않을 남자로 만들어서 반드시 너희에게 소개할게! 그러니까, 그때까지 기다려줘!"

"아, 아니, 저기……."

"그게 아니야. 그게 아니란 말이야, 밋치……."

"……아버지에게 밴드활동을 허락받는 건 어쩔 건데?"

"에이~, 지금 중요한 건 나와 토모의 일이잖아! 같이 살

거라면, 우리의 궁합 같은 것도 알아봐야 하거든~."

""""…………."""""

그리고 이번에는 정말로 정적이 흘렀다.

하지만, 항상 강하고 멋지며 눈치가 없는 모두의 히어로, 밋치는 주먹을 말아 쥐면서 힘차게 맹세했다.

"나, 꼭 해낼게. 반드시 토모를 탈(脫) 동정…… 탈 오타쿠시키고 말겠어!"

"밋치 너, 지금 무슨 소리를 하려다 만 거야?!"

그리하여 이야기는 끝나고, 우정이 시작되다

"메구미, 표정 좀 지어줄래?"

"으음, 어떤 표정 말이야?"

"그러니까, 주인공의 활약 덕분에 세계의 붕괴는 아슬아슬하게 막기는 했지만 마을은 괴멸됐어. 그런 와중에 겨우 그를 찾아내고, 휘몰아치는 바람에 몸을 맡기며 언덕 위에서 환한 미소를 짓는 느낌이야. 아, 물론 눈가에는 눈물이 맺혀 있으면 좋겠네!"

"으음, 몇 번이나 말했지만, 아마추어 모델이 그렇게 복잡한 지시에 따르는 건 무리야……."

"메구미! 표정은 어쩔 수 없다고 해도, 머리카락은 신경 써! 언덕 아래에서 불어온 바람에 메구리의 머리카락이 휘날리고 있는 최고의 장면이란 말이야!"

"그러니까 에리리? 표정은 그러다 쳐도 그런 요구는 좀 너무한 거 아니야?"

10월 하순의 일요일. 맑고 화창한 가을의 오후.

도쿄에 있는 언덕이 많은 주택가.

그 중에서도 가장 경사가 가파른, 통칭 『탐정 언덕』이라 부르는 언덕의 꼭대기.

그곳에서는 두 여성이 인파와 지나다니는 자동차에 방해가 되지 않도록 조심하면서, 계속 콩트…… 아니, 스케치 같은 것을 하고 있었다.

"뭐, 아무튼 최고의 미소를 지어봐. 왜냐하면 메구미, 너는……."

"메인 히로인이라는 거지? 알고 있어, 에리리."

의욕 없는 목소리로 말하면서 머리카락을 쓸어 올리는 포즈를 취하고 의욕을 내려하는 모델의 이름은 카토 메구미다.

그녀는 토요가사키 학원 2학년 B반이고, 아주 약간이지만 주체성을 지니게 되었으며 사회에 대한 불만은 여전히 없다. 그리고 미술부 소속은 아니지만 게임 서클에 속해 있고 눈에 띄지 않는 편이지만 틀림없이 미소녀로 보이는 여고생이다.

"응. 미소를 조금만 억눌러. 그리고 상냥함과 안타까움을 부각시키는 거야."

미묘하게 긍정적인 그녀에게 세세한 지시를 내리면서 연필을 놀리고 있는 일러스트레이터의 이름은 사와무라 스펜서 에리리.

토요가사키 학원 2학년 G반이고 인기가 많으며, 사교성이 뛰어날 뿐만 아니라 미술부의 에이스이기도 하다. 학교 제일의 미소녀이자 상류층 아가씨……이면서도 성인용 동인활동에 푹 빠져 있는 일러스트레이터 겸 여고생이기도 했다.

반 년 전부터 알고 지내게 되었고, 한 달 전에 서로를 이름으로 부르는 사이가 된 이 두 사람은 현재 서클 『blessing software』의 메인 히로인과 원화가라는 직책에 걸맞게 한창 이벤트 원화 제작 중이었다.

메구미가 포즈를 취하고 에리리가 그것을 2차원의 그림으로 만든다.

현재 두 사람이 작업 중인 구도는 시나리오 담당인 카스미가오카 우타하가 — 얼마 전에 겨우 — 완성한 최초의 루트……『메구리 루트』의 라스트 장면이다.

"그래, 느낌이 좋네. 메구미도 이제 2차원적인 표정에 꽤 익숙해진 것 같아."

"……그 말을 듣고 기뻐해야 할지 한숨을 쉬어야 할지 모르겠어, 에리리."

"뭐, 메인 히로인으로서는 자랑스러워해도 되지 않을까? 여자애로서는 여러모로 미묘한 평가지만 말이야."

"으음…… 나는 잘 모르겠네."

아무리 친한 사이라고 해도 「순도 100퍼센트 츤데레 캐릭터인 에리리한테 그런 말을 들으니 기분이 영 미묘하네」 같은 치명적인 반격을 하려던 것을 참아낸 메구미는 순결을 유린당한 히로인 특유의 공허한 눈빛을 하지 않으려 노력했다.

“얼마 전만 해도 메구미는 이런 표정을 전혀 짓지 못했잖아. 캐릭터 디자인 때는 진짜 다 때려치우고 싶다는 생각마저 했다니깐.”

“아~, 그런 일도 있었지~.”

그것은 서클 멤버가 갖춰져서 게임 제작을 본격적으로 시작한 초여름의(애니메이션 5화) 일이다.

두 사람은 학교 시청각실에서 지금처럼 마주 앉아서 메인 히로인 카토 메구미의…… 카노 메구리의 캐릭터를 디자인했다.

“겨우 한 꺼풀 벗은 게 로쿠텐바 몰에서…….”

“……저기, 에리리. 미안하지만 그때 일은 두 번 다시 언급하지 말아줬으면 해.”

“그래~, 바로 그 표정이야! ……하지만 지금은 그런 표정을 지을 때가 아니니까 아까 같은 표정을 지어.”

“아~, 잠깐만 기다려. 한 번 머릿속에 생각난 걸 지우는 데는 시간이 좀 걸리거든.”

그리고 그것은 겨우 시작된 게임 제작이 플롯 단계에서 벽에 부딪쳤던 장마 중에 어느 날씨가 맑았던 날의 일이다.

서클 대표(토모야)와 함께 갔던 쇼핑몰에서 두 사람은 지금처럼 마주섰고, 그 자리에서 메인 히로인 카노 메구리의…… 카토 메구미의『뾰로통한 표정』디자인이 완성됐다.

“하지만 결국 얼마 전의 합숙 때도, 메구미는 울면서 웃는 표정을 짓지 못했어.”

“그건 에리리가 스케치 도중에 낯빛을 싹 바꾸면서 어딘가로 가버린 탓이잖아.”

“윽…… 잠깐 쉬지 않을래? 머릿속에 떠오른 걸 잊는 데 조금 시간이 걸릴 것 같아.”

그리고 그것은 서클 멤버가 다섯 명으로 늘어난 후, 그러니까 지금으로부터 얼마 전의 일이다.

로케이션 헌팅 합숙지인 타테시나 고원에서, 지금처럼 마주한 두 사람은 메인 히로인 카토 메구미이자 카노 메구리의 이벤트CG를 그렸다.

서로를 성으로 부르던 시절에도, 이름으로 부르게 된 후에도…….

두 사람은 여전히 스케치북을 사이에 두고 이야기를 나누고 있다.

아무리 가까워져도, 종이 한 장을 사이에 두고 있다.

아무리 멀어져도, 종이 한 장 너머에는 상대방이 있다.

약간 아니꼬운 여자애와 약간 반응이 굼뜬 여자애는 약간 푼수 같은 여자애와 약간 노력파인 여자애가 되었으며 종이 한 장을 사이에 두고 숨김없는 마음을 나누었다. 그리고 둘은 서로를 이름으로 부르는 절친 사이가 되었다.

※ ※ ※

“……으음, 에리리? 너무 미소녀로 그린 것 아닐까?”

에리리의 휴식 선언을 듣고 삼각대 앞으로 간 메구미는 자신의 초상화를 바라보더니, 감탄과 한숨이 섞인 숨결을 토하면서 캔 커피를 홀짝였다.

“그게, 솔직히 말해 메구미는 초(超) 끝내주는 소재거든.”

메구미가 약간 질린 어조로 말하자 에리리는 자신만만하게 자신의 성과물과 모델의 스펙을 자랑스러워하면서 페트병에 든 레몬티를 단숨에 들이켰다.

“괜히 신경써주지 않아도 되는데…….”

“괜히 신경써주는 게 아니니까, 『초』 같은 중2병 단어를 쓰는 거야.”

“어~, 그럼 실은 나를 놀리는 거야?”

메구미의 용모에 대한 두 사람의 견해는 제쳐두고, 완성된 선화(線畫)에 대한 평가는 아무래도 일치하는 것 같았다.

……즉, 에리리가 그린 메구미는, 아니, 메구리는 그녀들이 만드는 게임의 엔딩을 장식하는 캐릭터에 걸맞을 정도로 아름답고, 귀여우며, 모에했다.

"나는…… 신경 쓰는 상대에게 『초』나 『끝내줘』 같은 말은 안 써. 그런 극단적인 평가는 절대 안 해."

그야말로, 『초』 라는 말에 걸맞을 정도의 완성도였다.

모델을 향한 일러스트레이터의 마음이 비쳐 보일 정도였다.

"그래?"

"응. 그래. 초 좋아한다, 초 싫어한다, 초 대단하다 같은 식으로는 생각하지 않아. 그렇게 생각하거나 말해봤자 아무런 메리트도 없거든."

"메리트…… 친구를 사귀면서 그런 걸 따져야 하는 거야?"

"나는 그렇게 해왔어……. 적어도 최근 몇 년 동안은 말이야."

"에리리……."

토요가사키 학원의 2대 미녀, 어둠의 카스미가오카 우타하와 빛의 사와무라 스펜서 에리리.

어둠이라는 불리는 것에 걸맞게, 우타하는 기본적으로 누구에게나 매몰차고, 투박하며, 혹독하게 대했다. 하지만 빛이라 불린 에리리의 숨겨진 얼굴은 한손으로 다 꼽을 수 없을 만큼 많았다.

한편으로는 사람을 차별하지 않는 예의바른 상류층 아가씨, 구김 없고 눈부신 미소가 어울리는 미녀, 뛰어난 재능을 지닌 아마추어 화가.

다른 한편으로는 특정 상대에게 지나치게 집착하는 자멸

형 얼간이 캐릭터, 차마 눈뜨고 볼 수 없을 정도의 정석적인 츤데레 리액션을 구사하는 금발 트윈테일 니삭스 캐릭터, 건전함과 거리가 먼 망상을 그림으로 구현하는 에로 일러스트레이터.

"나, 이상한 것 같아?"

"이상하다고 할 정도는 아니지만, 서클에서 보는 에리리한테서는 그런 느낌을 받지 못했거든."

본인마저 어느 쪽이 진짜인지 알 수 없는 두 개의 정신세계는 결코 섞이지 않았으며, 결국 두 명의 사와무라 스펜서 에리리를 형성했다.

후자인 에리리와 반 년 넘게 알고 지낸 메구미는 때때로 교내에서 전자인 에리리와 마주칠 때면, 현기증이 날 정도의 위화감을 느꼈다.

"으음…… 지금 생각해보면, 이미지 관리를 너무 심하게 했던 걸지도 모르겠어."

"아~, 으음, 그럴지도 몰라."

아무리 친한 사이라고 해도 「어느 쪽이 이미지 관리를 한 건데?」 라는 지적을 할 정도로 무례하진 않은 메구미는 난처한 미소를 지었다.

"딱히 그렇게 극단적으로 상류층 아가씨를 연기할 필요는 없었을지도 몰라……. 그냥 평범한 여자애인 척하면서, 오타쿠에 관심 없는 척 행동하며, 자기 주위의 세계를 조금만 넓혔어도 괜찮았을지도 몰라.”

“…….”

그 『괜찮았을지도 몰라』라는 말이 어느 시절의 에리리를 향한 후회가 어려 있는지는 메구미는 알지 못했고, 알아서도 안 될 것 같은 느낌이 들었다.

그래서 메구미는 대답 대신 쓴 커피를 한 모금 마셨다.

“아하하……. 평범한 여자애들이 나눌만한 이야기는 아니네.”

“응, 그래……. 카스미가오카 선배와 이야기를 나눌 때는 지금보다 자연스러웠는데 말이야.”

“그 여자는 진짜로 싫어하거든! 본능에서 우러난 분노를 억누를 수 없는 것뿐이야!”

“아, 그 뒤에 『오해하지는 마!』라는 말이 오는 거지? 나도 그 정도는 알아.”

“그런 츤데레의 정석 같은 건 몰라도 돼!”

아무리 친한 사이라고 해도 「거 봐, 방금 엄청 자연스럽잖아」 라는…….(이하 생략).

“하지만 카스미가오카 선배는 본질적인 면에선 에리리의 편일 것 같은 느낌이 들어.”

“그런 소리 하지 마! 소름이 돋는단 말이야! 여기 좀 봐! 소름이 돋고 있잖아!”

뭐, 그녀의 가는 팔뚝에 진짜로 소름이 돋았는지 확인하지는 않았지만 말이다.
그래도 메구미는 에리리가 우타하를 상대로 보이는 이 정석적인 츤데레 리액션에서 일종의 사랑이 느껴졌다.
그리고 에리리를 향한 우타하의 리액션도 마찬가지였다.

『너희 두 사람, 요즘 들어 꽤 사이가 좋아 보이던데, 너무 친해지면 나중에 지옥을 보게 될지도 몰라.』

애니메이션 12화
며칠 전에 우타하가 했던 경고 또한, 메구미는 그녀 나름의 배려로 여기고 있었다.
……그리고 그 배려의 대상이 메구미가 아니라 에리리라는 느낌이 든 것 또한 자신의 피해망상일 가능성을 고려해 잊기로 했다.
"그 여자가 내 편이든 아니든 상관없어. 메구미가 내 편이 되어준다면 그걸로 충분해."
"으음, 아군은 많을수록 좋지 않을까?"
"하지만 그 많은 아군이 한꺼번에 적으로 돌아선다면 더 성가시잖아?"
"그건……."
"나는 그런 일을 경험한 적 있어. 그러니까, 나한테 꼭 필요한 사람만 진정한 내 편이면 돼."
"으, 으음~ 에리리는 매사를 꽤 어렵게 생각하는 것 같네. 리액션은 단순한데 말이야.”

“메구미 너, 역시 나한테 시비 거는 거지?”

그리고 이 두 사람은 몇 달 후…… 아, 지금 하려다 관둔 말은 그냥 잊어주셨으면 합니다.

“아무튼, 그러니까 나는 메구미한테는 괜한 배려 같은 건 안 할 거야.”

에리리는 페트병 안에 들어있던 마지막 한 방울의 액체를 목에 흘려 넣은 후, 빙긋 웃으면서 말했다.

그 미소에는 범용성이 뛰어난 힘과 마음이 어려 있지는 않지만 그렇다고 편협한 생각으로 가득 차 있지도 않았다. 그저 자연스럽고, 편안하며, 무덤덤했다.

“너는 초 귀여워. 그리고 초 무덤덤하고, 초 다루기 어려워.”

그 미소는 메구미가 평소에 짓는 미소와 흡사했다.

“우와~, 초 열 받아~.”

“아하하, 진심이 초 느껴지지 않네~.”

“어~, 초 쇼크~.”

“자! 그럼 휴식 끝~. 이제부터 채색을 할 거니까 다시 포즈를 취해줘, 메구미.”

“응. 알았어, 에리리.”

그래서 메구미도 평소보다 한 걸음 더 앞으로 나서며, 평소보다 한 층 더 진한 미소로 답했다.

※ ※ ※

"저기, 에리리."

"응~?"

에리리가 붓을 꺼내들고 30분이 흘렀다. 그녀가 한 마디도 하지 않으면서 손을 계속 놀리기만 하는 긴박한 시간에 지친것인지 메구미는 머뭇머뭇 입을 열었다.

"이 게임이 완성된 후에, 에리리는 어떻게 할 거야?"

"글쎄……. 우선 뒤풀이를 거하게 하고 싶어. 테이블 별로 셰프가 있는 고급 식당에서 고베산 소 철판구이를 맛본 후, 고급 호텔의 스위트 뷔페에서 후식을 즐기는 거야. 그리고 그대로 호텔의 스위트룸에서 잠옷 파티를 하는 건 어떨까? 물론 서클 대표는 참가하지 않고 돈만 내는 거야."

"으음, 그런 의미에서 한 말이 아닌데……."

에리리가 별생각 없이 입에서 나오는 대로 늘어놓은 대답을 한 귀로 흘려들은 메구미는 아주 약간 진지한 표정을 지으며 말했다.

"서클 활동을 계속하고 싶어?"

"뭐?"

"아키 군과 함께, 또 게임을 만들 거야?"

"메구미……."

그제야 에리리가 붓을 놀리는 속도가 아주 약간 느려졌다.

메구미와 캔버스를 재빠르게 오고가던 시선이 아주 약간 느려지더니 흔들리기 시작했다.

“『blessing software』는 언제까지 이어질까?”

에리리의 흔들리는 눈동자에 비친 것은 그녀보다 더 흔들리는 눈동자였다.

“아키 군의 꿈을 이뤄주기만 할 뿐인 1회 한정 서클인 걸까?”

『만면에 미소를 지은 느낌. 눈가에서는 금방이라도 눈물이 흘러내릴 것 같은 느낌』이라는 요구에 비춰보자면, 미소는 80점 정도지만 복잡한 감정에 있어서는 만점인 표정이었다.

“다른 사람들은 이 서클을 통해 이루고 싶은 꿈이 없는 걸까?”

“뭐, 효도 미치루는 그런 꿈이 없을 것 같기는 해.”

“아, 아하하…….”

“카스미가오카 선배는…… 처음부터 게임을 만드는 게 목적이 아니잖아. 훨씬 불순하고, 사악하며, 역겨운 욕망을 이루기 위한…….”

“에리리는 어때?”

“나는…….”

메구미의 표정이 에리리의 요구에서 대폭 일탈하려 하고 있기 때문일까. 아니면 다른 이유가 있는 걸까.

에리리는 어느새 손을 멈추더니, 메구미의 얼굴을 똑바로 쳐다보았다.

“불순하든, 순수하든, 어느 쪽이든 상관없이…… 에리리는 어때?”

“아직 첫 작품도 완성하지 않았는데, 다음 이야기를 하려는 거야?”

“그게, 나는 이번 게임에서는 딱히 도움이 못 되었잖아.”

“『계기』가 되었다는 것도 꽤 중요한 포지션인데……. 그 경위가 아무리 바보 같더라도 말이야.”

“하지만 그건 내 힘도, 내 의지도 아니었어.”

“……『자신의 의견 없이 주위에 휘둘리기만 할 뿐』이라는 카토 메구미의 아이덴티티는 어디 가 버린 거야?”

“으음, 그건 아이덴티티가 아니라 결과론이야. 그리고 지금 꽤 진지하게 이야기하고 있거든?”

“아니, 하지만…… 지금 메구미는 메구리라기보다 루리에 가까워 보여.”

“진지함과 얀데레를 착각하지 말아줬으면 좋겠거든?”

메구미의 생각지도 못한 발언과 태도를 접한 에리리는 주인공의 반 친구가 아니라, 전생의 『역시 오라버니세요』 같은 말을 할 법한 여동생의 그림자를 느꼈다.

뭐, 샘플 대사가 좀 차이 날지도 모르지만 개의치 말아줬으면 한다.

"게임이 완성되어갈수록…… 내가 할 수 있는 게 있지 않을까 하는 생각이 들어."

언덕 아래에서 불어온 바람이 메구미의 머리카락과 치맛자락을 희롱했다.

"그림을 잘 그리는 에리리나 시나리오를 잘 쓰는 카스미가오카 선배처럼, 특별한 힘을 가지고 있지는 않지만……."

이벤트CG에 명백하게 부합되는 순간에도, 에리리는 그 광경을 눈에 새기기만 하면서 메구미의 말에 귀를 기울였다.

"하지만 누구나 할 수 있고, 누군가가 해야만 하는 일까지 아키 군에게 전부 맡기는 것도 좀 그렇다는 생각이 들기 시작했어."

"하지만 그건 진짜 잡일이야."

"잡일도 하다보면 재미있잖아?"

"메구미……."

너무나도 히로인다운 구도와 표정을 지은 메구미가 한 말은 결국 엑스트라 느낌이 물씬 났다.

"다양한 잡일을 처리하면서 결과적으로 작품이 완성되어가는 과정을 지켜보는 것도, 꽤 가슴이 뛸 것 같지 않아?"

그래서 에리리는 서클 안에서의 메구미의 입지와 중요성이 어느 정도인 건지 알 수가 없었다.

잡일 담당이자 이 모든 일의 핵심이며, 어시스턴트이면서 흑막일 뿐만 아니라 존재감이 없지만 그래서 중심에 서있다.

그리고 『그 녀석』의 가장 소중한…….

"……그것보다 지금은 메인 히로인에 최선을 다해."

"에리리……?"

"이건 딴생각이나 하면서 소화할 수 있는 작업이 아니란 말이야."

결국 에리리는 메구미의 『장래』에 관한 질문에 대한 답을 피했다.

그 『도망』의 정체가 무엇인지, 무엇에서 우러난 감정인지, 혹은 그저 아무 생각 없이 한 것인지, 자기 스스로도 알지 못했다.

"좀 더 환한 미소를 지어! 그리고 금방이라도 눈물을 흘릴 것처럼 울상을 짓는 거야! 기쁨, 그리움, 그 모든 감정을 얼굴에 담으며, 말해!"

"『오랜만이야. 또…… 만났네.』"

에리리가 지시를 내리기도 전에 메구미의 입에서 대사가 흘러나왔다.

그리고 그 순간의 표정에도, 에리리가 원하는 것 이상의 감정이 어려 있었다.

"좋아! 그 표정을 지은 채로 꼼짝도 하지 마, 메구미!"

"어, 얼마나?"

"글쎄…… 적어도 한 시간!"

"으~."

에리리는 다시 붓을 쥐더니 눈에 보이지 않는 속도로 캠퍼스 위에 그림을 그렸다.

그 후, 에리리는 메구미가 아무리 말을 걸어도 대답하지 않았다.

그런 그녀의 표정은 메구미 못지않게 즐겁고, 괴로우며, 아름다울 뿐만 아니라, 귀여웠다.

그래서 메구미는 그런 에리리가 부럽고 또한 그녀의 아름다움이 아니라 한결같은 모습이 눈부셔 보였다.

※ ※ ※

"완성~!"

"으, 으음……. 그럼, 에리리……?"

"응! 이제 표정을 풀어도 돼, 메구미!"

"하, 하아아아아아아아~."

……결국, 에리리의 『적어도 한 시간』이란 명령은 꽤 충실하게 지켜졌다.

그 말을 듣고 1시간 15분 후, 에리리가 붓을 쥔 오른손을 하늘로 치켜들었다. 그리고 온몸에서 힘이 쭉 빠진 메구미는 그대로 바닥에 털썩 주저앉았다.

"응! 이건 진짜 끝내줘! 내가 생각해도 초 걸작이야! 메구미, 이것 좀 봐!"

"자, 잠깐만. 지금 그쪽에…… 우와아."

메구미가 몸을 일으킬 때까지 기다릴 수 없다는 듯이 에리리는 방금 완성한 그림을 들더니 메구미를 향해 들어보였다.

"이건…… 모델이 나인데도 초 끝내주네~."

"모델이 메구미라서 초 끝내주는 거야."

"아하하."

"안 그래~?"

다른 사람들에게는 팔이 안으로 굽듯 동료끼리 서로를 칭찬해주는 것처럼 들릴 것이다.

하지만 지금 이 두 사람은 그게 왜 문제인지 전혀 알지 못했다.

실제로도 전혀 문제될 것은 없었다. 왜냐하면 이 그림은 동료만을 위해서 진심으로 그린 것이다.

"수고했어, 메구미……. 이건 선물이야."

"뭐? 그게 무슨……."

"생일선물이야."

"아……."

"한 달이나 늦어져서 미안해……. 실은 최근에 메구미의 생일이 며칠인지 알았어."

카토 메구미…… 9월 23일 출생.

그것은 두 사람이 서로를 이름으로 부르게 된 그 기념비적인 날로부터, 며칠 전이었다.

"하, 하지만 에리리, 이건 게임의……."

"게임용 그림은 이거야."

"어……."

에리리가 가리킨 것은 카노 메구리가 그려진 또 하나의 그림이었다.

……하지만 그 그림은 채색이 되지 않았으며, 그저 선으로 그려진 메구리가 풍부한 표정을 지으며 보는 이를 향해 미소 짓고 있었다.

"애초에 게임용 그림은 컴퓨터로 채색을 하니까, 물감을 쓰지 않거든."

"아~."

그 점은 메구미도 알고 있었다.

하지만 에리리의 지시가 너무 자연스러웠고 너무 태연했으며, 너무 고압적이었다.

그래서 설마 이 모든 행동이 자신『만』을 위한 것일 줄은 눈치채지 못한 것이다.

"생일 축하해, 메구미."

"답례 때 골머리 좀 썩여야겠네……. 에리리의 생일은 3월이었지?"

"엄청 기대하고 있어도 되지?"

"아하하……."

메구미는 길가에 주저앉은 채, 건네받은 에리리의 그림을 꼭 안으려다…… 아직 다 마르지 않았다는 것을 눈치채고 에리리를 향해 미소만 지었다.

그 표정을 본 에리리는 또 창작의욕을 느꼈지만 그것을 그림으로 표현하지는 않았다.

그저 지금은 방금 완성된 이 그림을 함께 바라보며 그 가치에 대해 이야기했다.

"이건 카시와기 에리가 직접 그린 거니까…… 여기에 내 사인을 하면 아마 ●만 엔은 호가할 거야."

"모처럼 훈훈한 이야기로 마무리되려고 하니까, 그런 노골적인 이야기 좀 하지 마."

aenai heroine no
date-kata. FD2
sented by Fumiaki Maruto
stration : Kurehito Misaki
섯 명의 화난 여자들
요가사키 문화제 1일차
행세계의 말맞추기
전의 겨울방학
로 돌아가지 않았던 그녀
토 가족의 주말
장판으로 이어지는 분기점

다섯 명의 화난 여자들

"그럼 모두 모였으니, 판결을 내리겠어."

가을이 깊어가고 있는 도쿄 연안의 심야.

하지만 호텔 2인실에 모여 있는 다섯 명의 여성들은 이 시기의 쌀쌀한 날씨를 느끼지 못했다.

게다가 그녀들은 한밤중인데도 불구하고 텐션이 하늘을 찌르고 있는 탓에, 방 안은 땀이 날 정도의 열기로 가득 차 있었다.

"그럼…… 카토 양이 유죄라고 생각하는 사람은 손을 들어."

"……."

"……."

"……."

"유죄 네 표…… 그럼 만장일치로 유죄를 판결……."

"저기, 한 마디만 해도 될까요? 카스미가오카 선배."

"피고는 투표권이 없지만, 당신도 자기가 유죄라는 데 표를 행사한다면, 완전무결한 만장일치로……."

"아, 저는 그런 의미에서 손을 든 게 아니에요. 물어볼 게 있어서요."

자신 이외의 모든 이들이 힘차게 손을 든 가운데, 유일하게 어깨 언저리까지 손을 들어 올린 피고인…… 아니, 카토 메구미는 그 손을 내렸다. 그리고 아까부터 이 재판을 진행하고 있는 냉혹한 재판장…… 아니, 카스미가오카 우타하를 향해 무덤덤한 어조로 이의를 제기했다.

"어쩔 수 없네. 대체 뭐가 묻고 싶은 건데?"

"으음, 샤워를 마치고 방에 돌아와 보니 서클의 여성 멤버 전원이 이 방으로 쳐들어와서 저를 피고로 몰아넣고 있는 현실에 관해서, 좀 물어보고 싶네요."

방금 메구미가 말했다시피, 다른 멤버는 잠옷을 입고 있는데도 불구하고 메구미만은 이 호텔의 목욕가운으로 샤워를 하느라 달아오른 몸을 감싸고 있었다.

"유감이지만, 재판은 정규 수속에 따라 시행됐어. 그러니 카토 양은 이 판결을 엄숙하게 받아들여줬으면 좋겠네."

"변호사뿐만 아니라, 피고도 없는 상황에서 재판을 진행했죠? 그건 재판이 아니라 학급회의에 가깝다고 생각하는데요."

이런 에로틱한 묘사가 끼어들 여지가 없을 정도로 분위기가 엄숙한 가운데, 무고하게도 유죄판결을 받은 메구미가 몸을 떨……지는 않고, 어디까지나 무덤덤하게 태클을 걸었다.

하지만…….

"……메구미, 오늘은 발뺌할 생각 마."

"에리리?"

평소 같으면 누구보다 먼저 메구미를 감싸줬을…… 거라고 단정 지을 수는 없지만, 아무튼 절친인 사와무라 스펜서 에리리까지 의혹에 찬 눈길로 자신을 쳐다보자 메구미의 머릿속에 먹구름이 어렸다.

"맞아~. 겨울 코믹마켓에 맞춰 일치단결을 해야 할 때에~, 토모와 단둘이 쏙 빠져나갔잖아~. 이거야말로 배신 그 이상도 그 이하도 아니거든~?"

"효, 효도 양……?"

그리고 평소 같으면 우타하의 이런 오타쿠 같은 촌극에 어울려주지 않을 리얼충, 효도 미치루도 이 얼간이 짓을 지지하자, 메구미의 머릿속에는 긴급 재난문자 수신음이 울려 퍼지고 있었다.

"대체 뭘 한 거죠? ……한밤의 오다이바에서 바다를 바라보며 토모야 선배와 단둘이서 대체 뭘 한 거냔 말이에요, 메구미 씨."

"이즈미 양까지……."

그리고 평소 같으면…… 아니, 평소에는 거의 만날 일이 없는 하시마 이즈미도 메구미가 항상 새치기를 하고 있다는 걸 알았…… 아니, 다들 오해하고 있자 메구미의 뇌리에는 『도쿄 매그니튜드 8.0』이라는 애니메이션의 영상…… 아, 이건, 좀 과한 것 같군요.

"아니, 그러니까 그건 다른 사람들의 창작활동을 방해하지 않으려고 배려한 건데……."

상세한 내용은 2기 애니 #0 참조

뭐, 아무튼 겨우 자신이 뒤집어쓴 혐의를 안 메구미는 일단 자기 자신을 변호하기 위해 무덤덤하게 대외적 코멘트를 발표하면서 얼버무리려 했다.

하지만…….

"그럼 창작을 하고 있지 않았던 저한테도 같이 가자고 해야 하지 않았을까요? 메구미 씨."

"윽……."

그런 평소와 다름없는 대처도 평소 이런 자리에 없는 멤버인 이즈미에게는 통하지 않았다.

"메, 메구미……?"

"으, 으음~. 저기, 에리리? 그렇게 울먹거리면서 쳐다보지 말아줬으면 좋겠어."

"그럼 카토는 『우리의 창작활동을 방해하지 않기 위해』 대체 뭘 했어? 딱히 토모와 좋은 분위기가 되지도 않았고, 평소처럼 묵묵히 스마트폰만 만지작거린 거야?"

"으으……."

방금 대처가 통하지 않은 진정한 이유는, 평소의 새치기 의혹에 비하면 결백성이 떨어진다고 본인 스스로도 생각하고 있는 탓이기도 했다.

"저기, 카토 양. 지금이라도 솔직하게 다 털어놓으며 죄를 인정한다면, 중형을 내리지는 않겠어."

"카스미가오카 선배……."

"하지만 어디까지나 『우리를 위해 그랬다』 같은 뻔뻔한 변명을 늘어놓는다면, 봐주지 않겠어. 당신의 죄를 만천하에 알리며 철저하게 책임을 추궁한 후, 두 번 다시 그런 짓을 못하도록 박살을 내줄게……. 자, 어떻게 하겠어?"

아까까지 재판장이었던 우타하가 어느새 검사 — 그것도 미국 드라마 스타일의 — 로 직업을 변경 하더니, 메구미에게 사법거래를 제안했다.

"자, 어떻게 할래? 죄를 인정하겠어? 얌전한 척이란 척은 다해놓고 다른 애들 몰래 남자를 유혹해 자기 걸로 만드는, 당신의 그 타고난 암○ 본성을 인정하겠어? 그런다면 『허벅지 안쪽에 유성 매직으로 「正」 자를 다섯 개 적기 형벌』로 감형해주겠어……."

"그…… 그렇게 무시무시한 형벌을 내리려는 거야?! 카스미가오카 우타하……!"

우타하의 말을 들은 순간 에리리의 얼굴이 공포로 일그러졌다.

正正
一

"그거, 하나도 부끄럽지 않은데요?"

"왜 허벅지에 쓰려는 거야? 낙서를 할 거면 얼굴에 하는 게 낫지 않아?"

하지만 이즈미와 미치루는 에로 동인 쪽의 소양이 없어서 이 형벌의 얼마나 무시무시한지 이해하지 못한 건지, 영문을 모르겠다는 표정으로 서로를 쳐다보았다.

"카토 양……. 선택은 당신의 몫이야."

그리고 역시 이 사태의 매우 중요함을 미묘하게 이해하지 못한 메구미는 에리리의 반응을 보고 우타하가 무시무시한 음모를 꾸몄다는 사실을 눈치챈 건지 흉악한 검사의 일그러진 미소를 똑바로 쳐다보았다.

그런 두 사람의 박력에 다들 압도당한 가운데, 이 방안에서는 무거운 침묵만이 흘렀다.

"으음, 저기……."

그리고 이 방에서 소리가 사라지고 30초 이상 흘렀을 즈음 한동안 뭔가를 생각하고 있는 것 같던 메구미가 드디어 입을 열었다.

"누구보다 먼저 새치기를 하려고 했던 카스미가오카 선배에게 이런 비난을 당하는 게 납득이 안 되는데, 다른 사람들은 어떻게 생각해?"

"뭐……?"

"카토?"
"메구미 씨?"
"메구미……?"
하지만 그 목소리와 내용은 검사와 재판장에게 정상참작을 요구하는, 동정의 여지가 있는 피고인의 그것과는 거리가 멀었다.
그리고 무죄를 쟁취하기 위해서라면 위법행위도 태연하게 저지르고 이기지 못하더라도 심리무효를 노리는 악덕 변호사 — 그것도 미국 드라마 스타일의 — 의 그것이었다.

"……카토 양이 하고 싶은 말이 뭐야?"
침대에 걸터앉은 우타하가 날카로운 표정으로 메구미를 노려보았다.
"예를 들자면 스카이 바(Sky Bar)라거나, 저희 중 누구도 알지 못했던 세 번째 방이라든가……."
"그 금액은 전부 내가 지불했거든? 그것도 내가 올바른 방법으로 직접 번 돈으로 말이지. 딱히 추궁당할 이유는 없어."
하지만 느닷없이 송곳니를 드러낸 메구미를 보고 적대적인 태도를 취했다는 점 자체가 그녀에게도 찔리는 구석이 있다는 점을 여실히 드러내고 있었다.
"잠깐만. 저기, 선배는 왜 그런 곳을 예약해뒀던 거야?"
"그 목적이야 옛날 옛적에 들통 났지만 말이에요."

"카, 카스미가오카 우타하……!"

그래서 메구미의 유도에 걸려든 세 사람…… 특히, 트윈테일을 부들부들 떨고 있는 에리리의 반응을 본 우타하는 마음속으로 혀를 찼다.

"그래. 맞는 말이야……. 애초에 가장 먼저 새치기를 하려고 했던 건 너잖아……."

"사와무라 양, 그건……."

"그걸 없었던 일로 취급하며 전부 메구미 탓으로 돌린 걸로 모자라, 앞장서서 추궁을 하다니…… 하마터면 속을 뻔했네!"

"으음…… 아~."

우타하는 「사와무라 양, 당신은 지금 카토 양에게 속고 있어」 하고 냉철하게 사실을 알려주고 싶었다.

하지만 자신들의 앞에서 이미 이야기가 끝났다는 듯이 무덤덤하게 스마트폰을 만지작거리고 있는 메구미를 보자, 우타하는 자신이 그녀에게 졌다는 사실을 깨달았다.

"뭐라고 말 좀 해보란 말이야, 카스미가오카 우타하!"

"……어이가 없네. 이런 곳에 더 이상 있고 싶지 않아. 나는 먼저 방으로 돌아가겠어."

패색이 짙어졌다는 사실을 눈치챈 우타하는 다음날 아침에 자기 방에서 시체로 발견될 리스크를 감수하겠다는 듯이 이 방을 나서려 했다.

"어이쿠. 보내줄 수야 없지, 선배."

"어……."

하지만 우타하보다 먼저 침대에서 몸을 일으킨 미치루가 문 앞에 서면서 그녀의 퇴로를 차단했다.

그리고 퇴로를 잃은 우타하를 궁지에 몰아넣으려는 듯이, 탱크탑과 핫팬츠 차림으로 매력적인 몸매를 드러낸 미치루가 그녀를 향해 살금살금 접근했다.

"효, 효도 양…… 나를 어쩌려는 거야?"

방금까지 의연하게 행동하던 우타하도 미치루의 박력 때문에 신변의 위험을 느낀 것 같았다.

"아니, 그게, 지금 선배의 방에서는 토모가 자고 있잖아? 선배를 돌려보내면 그걸로 아웃이거든."

"아~."

하지만 지금 신변의 위험을 느껴야 할 사람은 불쌍하게도 전철 막차를 놓친 바람에 옆방에서 무릎을 꼭 끌어안은 채 홀로 자고 있는 이 서클의 유일한(토모야) 남자애였다.

※ ※ ※

그리고, 그런 시끌벅적한 소동이 벌어지고 몇 분 후.

재판은 메구미의 의도대로 심리무효로 끝났고 다섯 소녀 사이에서는 나른하면서도 늘어지는 분위기가 흘렀다.

"이익, 이익, 이익! 카스미가오카 우타하…… 카스미가오카 우타하~!"

"자, 잠깐만요, 사와무라 선배! 중학생한테 그런 그림을 보여주면 안 되잖아요?!"

하지만 아직도 분노가 가라앉지 않은 에리리는 가공의 재판장에 남아서 법정화가로서 스케치북에 엄청난 속도로 연필을 놀려대고 있었다.

"흥. 이 따위 그림에 주눅 들어서야, 나를 뛰어넘는 건 100년은 일러."

"그런 방향성의 그림으로는 적어도 열아홉 살이 될 때까지는 선배를 뛰어넘을 생각이 없어요!"

……마침 완성한 우타하의 초상화(포즈 및 의상에 대한 설명은 생략)의 허벅지와 복부에 대량의 『正』 자, 특정 위치를 가리키는 화살표, 『자유롭게 이용하시길』, 『○변기』 같은 코멘트를 한창 적고 있었다.

"그런데, 사와무라 양은 나를 어떻게 할 작정이야? 설마 현실에서도 그 그림 같은 형벌을 내리려는 거야? 옆방에서
윤리 군
대기하고 있는 남자를 이용해서?"

"그런 짓 안 해! 그리고 그렇게 되는 건 너한테 있어선 포상이잖아!"

"우와~, 우와~! 이 서클의 여자들은 진짜 하나같이 정상이 아냐!"

"이즈미 양. 저 사람한테는 관심 끄고, 그냥 나와 LINE으로 이야기나 하지 않을래?"

"으음, 메구미 씨? 한 방에 있으면서 그러는 것도 좀 그렇지 않아요……?"

"뭐, 딱히 아무 짓도 하진 않을 거야. 그래도 선배를 방으로 돌려보낼 수는 없어."

"그래? 이제 슬슬 졸린데……."

그 말을 증명하듯, 우타하는 입을 손으로 막으면서 하품을 두세 번 했다.

"뭐, 잘 거면 이 방 아니면 나와 하시마 양의 방에서 자……. 하아아아암~."

그 졸음이 전염된 것처럼 미치루도 입을 크게 벌리며 하품을 했다.

시계바늘은 어느새 오전 세 시를 가리키고 있었다.

"이 방은 사람이 많으니까, 효도 양네 방에서 잘래. 열쇠를 줘."

"……선배 방의 열쇠와 교환하자."

"……일단 방에 가서 짐을 챙겨오고 싶은데 말이야."

"……그건 내일 아침에 같이 가서 챙기자. 자기만 할 거면 딱히 문제될 건 없잖아?"

"……."

"……."

두 사람은 졸음이 한계치에 도달하려는 상황이지만 이 순간에도 팽팽한 줄다리기를 펼치고 있었다.

"하지만 내가 순순히 열쇠를 넘긴다면, 이번에는 네가 윤리 군이 자는 방을 습격할 가능성이 생기지 않아?"

"그건 문제될 게 없잖아. 나와 토모는 가족인걸. 그러니까 한방에서 자도 괜찮아~."

"못 건네줘. 이 열쇠는 절대 건네줄 수 없어, 효도 양."

"그럼 선배가 이 방 밖으로 나가는 것도 허락 못해."

"……큭."

"……큭."

이즈미『저, 저기~, 메구미 씨?

메구미『왜? 이즈미 양.』

이즈미『이 서클은 항상 이런 분위기인가요?』

메구미『아~, 다들 좋은 사람이야. 아키 군만 얽히지 않는다면 말이야.』

※ ※ ※

그리고 시간은 계속 흘러 창밖에서 레인보우 브리지의 화려한 라이트 이외의 모든 불빛이 사라지고, 정적만이 감돌고 있는 오전 네 시 경.

"……아~."

"……하암."

"으, 으음~."

"……."

"……."

이제 지친 건지 에리리는 연필을 놀리던 손을 멈췄다.

스마트폰을 보고 있는데도 이즈미는 졸음을 참을 수가 없는 것 같았다.

우타하를 방해하려는 듯이 방문에 등을 맡긴 미치루는 고개를 꾸벅거리기 시작했다.

그런 미치루를 원망스럽다는 듯이 노려보면서도 우타하는 이러지도 저러지도 못하겠는지 그저 멍하니 서있었다.

그리고 여전히 이런 상황에 휘둘리지 않으며 메구미는 묵묵히 스마트폰을 만지작거렸다.

이 다섯 명의 파티는 한 명이 한계에 도달한 순간 그대로 종료될 것 같은 분위기에 휩싸여 있었다.

"마, 맞아! 다들 배고프지 않아? 아빠한테서 받은 영국산 초콜릿이……."

"안 먹을래."

에리리는 그런 분위기를 떨쳐내려는 듯이 밝은 목소리로

그렇게 말하며 가방을 만졌다.

메구미는 스마트폰에서 눈을 떼지 않은 채, 무덤덤하면서도 날카로운 목소리로 그런 에리리를 제지했다.

"으, 으음~, 메구미, 이유가 뭐야?"

"전에 합숙 때도 에리리가 똑같은 말을 했었지? 그리고 어떤 결과가 벌어졌는지 한 번 생각해보지 그래?

"으, 으으……."

몇 주 전의 일이다. 이즈미를 제외한 네 사람이 참가했던 타테시나 합숙 때, 에리리가 가지고 왔던 『영국산 초콜릿』은 병 모양 — 그것도 내용물이 들어있는 — 을 하고 있었다.

……그렇다. 그것은 지금 에리리가 꺼낸 것과 똑같은 디자인의 상자에 들어있었다는 것을 메구미는 똑똑히 기억하고 있었다.

"쿨, 쿨……."

"……."

"쿠우우우울~, 드르렁~."

"……."

그런 와중에 졸음의 바다를 향한 미치루의 항해는 그대로 머나먼 바다까지 이어졌고…….

"으으으응~, 쿠우우우울~."

"……."

"멈춰요, 카스미가오카 선배."

"윽……."

그런 무방비한 미치루의 핫팬츠에…… 아니, 핫팬츠의 호주머니에 들어있는 열쇠를 향해 우타하가 손을 뻗으려는 순간, 메구미의 무덤덤하면서도 가시 돋친 목소리가 들렸다.

"음료수를 사러 가려는 것뿐이야. 효도 양이 문을 막고 있어서 옆으로 옮기려고……."

"음료수라면 냉장고 안에도 들어있으니까, 자유롭게 이용하면 되겠네요."

"……호텔 냉장고 안의 음료수는 비싸잖아."

"이런 고급 호텔의 방을 세 개나 빌린 카스미가오카 선배가 할 말은 아닌 것 같은데요……."

메구미는 목소리뿐만 아니라 발언 자체에도 미묘하게 가시가 돋쳐 있는 것 같은 말을 중얼거리면서 천천히 몸을 일으키더니, 우타하를 가로막듯 미치루에게 다가갔다.

"효도 양. 졸리면 침대에서 자. 일어설 수 있겠어?"

"으, 응~?"

그리고 미치루를 부축하며 일으켜 세우더니, 근처에 있는 침대에 뉘었다.

"자, 카스미가오카 선배. 이제 밖에 나갈 수 있죠? 가세요."

"으~~!"

메구미는 우타하를 향해 돌아선 순간 미치루가 입은 핫팬츠의 호주머니에 들어있던 열쇠를 손에 쥐고 있었다.

※ ※ ※

그리고 시간은 계속 흘러 주위에 있는 빌딩의 창문에서도 완전히 빛이 사라진, 오전 다섯 시 경.

"으, 으으……."

"으, 응~."

"쿠우우울~, 드르렁~."

"……."

"……."

눈이 반쯤 감겼지만, 에리리는 여전히 스케치북을 손에 들고 있었다.

침대에 등을 맡긴 이즈미는 거의 한계에 직면한 것 같았다.

침대에 드러누운 미치루는 심하게 코를 골고 있었다.

"저, 저기, 금강역사 씨?"

"저기, 카스미가오카 선배? 방금 그 말은 좀 너무하지 않아요?"

우타하는 미치루가 아니라 현재의 문지기를 날카로운 눈길로 노려보고 있었다.

그리고 그런 우타하의 시선을 태연히 흘려 넘기며 아까까지 미치루가 있던 문 앞에 자리한 채 스마트폰을 만지작거리고 있는 건 금강역사 조각상…… 아니, 메구미였다.

"너무한 건 내가 아니라 카토 양 아닐까? 당신에게는 내 행동을 막을 권리가 없어. 자기가 무슨 선도위원이라도 된다고 생각해?"

"……이건 어디까지나 서클의 평화를 위한 일이에요."

"자기가 풍기를 어지럽혀놓고, 남에게는 청렴결백을 요구하는 거야? 완전 이중 잣대네."

"어? 아까 하던 이야기를 계속 하자는 건가요?"

"아까는 그냥 넘어갔지만, 역시 납득이 안 돼……. 게다가 나는 미수로 끝났지만, 당신은 끝까지 갔으면서……."

"저기, 카스미가오카 선배? 죄송하지만 오해를 부를 수 있는 표현은 자제해주면 안 될까요?"

……그녀들의 파티는 한 사람이 한계를 맞이했는데도 불구하고, 예상과 달리 일촉즉발의 상황이 유지되고 있었다.

주로 이 두 사람에 의해서 말이다.

"그러니까, 저는 카스미가오카 선배나 에리리처럼 아키 군을 어떻게 해볼 생각은 없어요……."

"그럼 솔직히 말해봐, 메구미……. 그때, 토모야와 단둘이서 대체 어떤 이야기를 나눈 거야?"

"……에리리?"

아니, 세 사람에 의해서 말이다.

"카스미가오카 우타하의 편을 드는 건 아니지만, 그래도 납득이 안 돼……. 너는 전에 합숙 때도 한밤중에 몰래…….”

“맞아, 그랬지……. 배신자는 당신의 이름을 알고 있어, 카토 양.”

“우와, 그런 옛날 일까지 들추는 건가요…….”

그녀들의 무시무시한 집착에 — 자기가 한 짓은 제쳐놓고 — 성가시다고 느끼면서도 메구미는 자신의 정의를 믿으며 이 두 사람과 대치하더니, 아무 말 없이 노려보…… 아니, 응시했다.

“…….”

“…….”

“…….”

이즈미 『으음, 지금 가장 수상한 사람은 메구미 씨라고 생각해요.』

메구미 『이즈미 양까지 이러기야?!』

※ ※ ※

그리고 시간이 더욱 흘러 완전히 해가 뜨며, 눈부신 빛이 방안으로 스며들어오는 정오 열두 시.

『어이~! 체크아웃을 해야 할 시간이 됐어~! 왜 아무도 안 나오는 거야~?!』

"……어?"
"으, 음~."
"어, 어……."
"으, 으응……."
"쿠우우우울~, 드르렁~."
해가 뜰 때까지 눈싸움을 이어갔던 그녀들은 격렬한 노크 소리와 잘 아는 오타쿠 소년의 절박한 고함 소리를 들으며, 겨우겨우 의식을 되찾았다.

토요가사키 문화제 1일차

드디어 그 날이 왔다.

11월 하순, 금요일.

토요가사키 학원의 가장 기나긴 사흘…… 토요가사키 학원 문화제의 날이 말이다.

체육관에서 열린 개회식이 끝난 후, 각 교실에서 손님을 부르는 목소리가 흘러나오자 교내는 어느새 시끌벅적한 분위기로 가득 찼다.

이곳 토요가사키 학원은 비교적 자유로운 교풍을 자랑하는 꽤 인기 있는 사립 고등학교다. 그래서 그런지 문화제 때는 이 지역과 다른 학교에서 수많은 일반 손님들이 몰려와 시끌벅적해지기로 유명했다.

원작 5권 6장

……우선 원작의 독백을 재활용하는 점을 양해해줬으면 한다.

chapter 1 : Megumi

"……어?"

그녀가 눈을 뜬 순간…… 세계는 빛과 소리로 가득 차 있었다.

창밖에서는 이 시기 치고는 따뜻한 햇살이 스며들고 있었고, 길을 오가는 차 소리와 통행인의 발소리가 들려왔다.

"……으음."

하지만 책상에 엎드려서 자던 바람에 포니테일 머리카락이 볼에 들러붙고 만 이 방의 주인은 평소와 다른 아침 햇살과 소리를 접하자, 현재 상황을 파악하는 것을 두려워했다.

포니테일을 한 이 여성의 이름은, 카토 메구미.

어젯밤, 어떤 게임의 시나리오와 어떤 라이트노벨을 몇 번이나 읽고 마지막 기억으로 해가 뜨려하는 하늘의 모습이 머릿속에 남아있는, 간단하게 말해 밤을 샌 끝에 새벽에 깜빡 존 소녀다.

"아아아아아~."

스마트폰을 보니 벌써 열 시가 지났다.

뭐, 미소녀가 『일어나~』 하고 무덤덤한 목소리로 말하며 깨워주는 어플리케이션(일택그녀 (一択彼女))도 스마트폰에 깔려있지 않으니, 어쩔 수 없을지도 모른다.

"어쩌지……. 어쩌지……."

스마트폰의 표시를 보면 알 수 있듯 지금은 열 시를 넘었을 뿐만 아니라 금요일이다.

학교에 가야 하는 날이다. ……게다가, 수업이 아니라 특별한 행사를 하는 날인 것이다.

토요가사키 문화제, 첫날.

"효도 양과 한 약속도, 이즈미 양과 한 약속도…… 그리고, 그리고…… 으으으으으, 아키 군, 큰일 났어~."

그렇게 메구미가 평소의 몇 배가 넘는 스케줄에 쫓겨야 하는 긴급사태에 직면한 격동의 하루가 시작됐다.

"아, 아무튼, 아무튼…… 으음~."

메구미가 자초한 일이라 할지라도 수라장이 펼쳐질 게 확실시되는 상황이었다.

"……샤워를 하자."

하지만 그녀는 일단 평소와 마찬가지로 우선 몸부터 청결하게 하기로 했다.

chapter 2 : icy tail

체육관 인근에 있는 부실동의 한 방.

그 입구에는 『스테이지 참가자 대기실. 관계자 이외 출입 금지』라는 1일 한정 간판이 걸려 있었다.

"그런데 우리 차례는 몇 번째였지?"

"아~, 순서는 모르겠어. 아마 오후 첫 번째일 거야."
"전체 순서로 보면 다섯 번째, 그리고 오후 라이브 파트의 첫 번째야."
실내에는 토요가사키가 아니라 다른 학교의 교복을 입은 세 소녀가, 심심한 것 같은 표정으로 문화제 개최 중인 시끌벅적한 교내에 남겨져 있었다.
"뭐야. 또 분위기 띄우기 담당인 거야~?"
약간 삐친 어조로 그렇게 말하며 볼을 부풀린 이는 사이드 포니테일을 한 아담한 체구의 소녀다.
걸즈 밴드 『icy tail』의 기타 담당인 히메카와 토키노, 토키다.
"요즘 들어 인근 라이브하우스에서 인기를 구가하고 있는 『icy tail』이 말이야~."
그리고 평소와 마찬가지로 늘어진 어조로 그렇게 말한 이는 시니컬한 느낌의 단발 소녀다.
『icy tail』의 베이스 담당인 미즈하라 에치카, 에치카다.
"어쩔 수 없잖아. 우리는 당일 참가 팀인데다, 토요가사키의 학생도 아닌걸."
그리고 평소와 마찬가지로 냉철한 목소리로 두 사람을 달랜 이는 머리카락을 땋은 치유계 소녀다.
『icy tail』의 드럼 담당인 모리오카 란코, 란코다.
주석) 평소와 마찬가지로 이 세 사람의 대화는 토키→에치카→란코 순서입니다.

란코가 방금 말했다시피, 이 세 사람은 토요가사키가 아니라 인근 현에 있는 현립 여고에 다니는 학생이다. 하지만 어느새 토요가사키 문화제의 스테이지에 참가 신청을 했다.

어떻게 된 일이냐면…….

"그런데, 카토메구 양과 연락은 됐어? 실행위원회와 이야기가 되긴 한 거야?"

"응. 방금 이곳에 도착한 것 같아. 지금 밖에서 밋치와 함께 위원회 사람과 이야기 중이래."

"그녀의 일처리에는 아무 문제없어. ……뭐, 당일에 지각한 건 좀 그렇지만 말이야."

그렇다. 지난 주말의 합숙 때 하룻밤을 함께 보낸 — 어엿한 사실이다 — 메구미가 그녀들의 밴드를 문화제 실행위원회에 추천해준 덕분에 오늘 이렇게 무대에 서게 됐다.

지난주의 처절한 게임 제작 합숙이 끝난 직후 『icy tail』은 몸과 마음이 전부 녹초가 되었다.

……기타를 치거나 과자나 먹으며 퍼질러 자기만 한 미치루를 제외하고 말이다.

그리고 그 합숙이 끝난 후, 그녀들을 따뜻하게 보살피며 반란 — 특히 에치카가 — 을 미연에 저지한 이는 합숙을 주최한 토모야도, 적당히 이유를 대며 불러낸 미치루도 아니었다. 그녀들과 마찬가지로 이 일의 피해자인 메구미였다.

메구미는 합숙을 마치고 돌아가던 길에 다 함께 패밀리 레스토랑에 가자고 말했으며, 노고를 치하하는 자리를 마련했다. 그리고 멤버들 한 명 한 명에게 감사 인사를 했으며, 뭔가 답례를 하고 싶다는 말을 했다.

그 말에 「또 라이브가 하고 싶네~」 하고 대답한 이는 아무짝에도 도움이 되지 않았던 미치루라는 점은 좀 그렇지만, 그것은 멤버 전원이 바라는 바였다.

『아키 군처럼 라이브하우스를 잡지는 못하지만, 어쩌면 가능할지도 모르겠어…….』

그리고 메구미의 그 말 ― 그리고 그 후의 대응 ― 에 의해, 오늘 이 공연이 성사된 것이다.

……뭐, 그 바람에 그녀들 전원이 오늘 학교를 빼먹게 됐다는 사실은 이 자리에서 언급하지 않겠지만 말이다.

"그런데…… 다들 카토메구 양을 어떻게 생각해?"

"생각하고 말고가 어디 있어. 그 두 사람, 이미 사귀는 사이가 틀림없을걸?"

"거의 부부 아냐?"

하지만 그런 미담으로 이야기를 끝마치지 않는 것이 걸즈 밴드 『icy tail』가 『걸즈』인 연유다.

“남자 집에서 아무렇지 않게 요리를 만드는 것만 봐도 틀림없어.”

“애초에, 우리가 오기 전날에도 앗키네 집에서 묵었다잖아?”

“무슨 일이 있었다면 대박이고, 아무 일도 없었다면 무시무시할 정도로 허물없는 사이네…….”

오늘 라이브를 향한 열의와 긴장 같은 건 어디에 가버린 건지 꼭 지금 할 필요 없는 그런 근거 없는 이야기를 열심히 나눴다.

“게다가 일을 벌인 건 앗키인데, 당연한 듯이 책임을 지려고 하잖아.”

“우리에게 이런 의심을 살 걸 뻔히 알면서도, 숨기지도 않았어~.”

“그게 공학에서의 남녀관계라는 걸 미리 알았다면, 나는 절대 여고에 들어가지 않았을 거야…….”

“하아, 정말! 밋치는 왜 저 분위기를 눈치채지 못하는 거야?!”

“그 녀석은 사천왕(icy tail) 중에서도 최약체…… 무균실에서 배양된 순혈종 여고생이잖아.”

“애초에 그 애는 밋치를 전혀 견제하지 않는 것 같아.”

“게다가 사과의 의미로 라이브에 참가하게 해준다니…… 그건 적을 도와주는 거나 다름없잖아!”

“적으로 여기지도 않는 거야. 굳이 따지자면 보답 선물 같은 거 아닐까?"

"그것도 『아키 가족의 일원』으로서 주는 선물인 거겠지?"

"……."

"……."

"……."

세 여자애가 시끌벅적하게 떠들고 있던 실내에 갑자기 정적이 흘렀다.

그녀들의 머릿속에 떠오른 것은, 밴드의 꽃인 보컬이자 그녀들이 동경하는 히어로 — 굳이 히로인이라고 부르지는 않는다 — 의, 이미 정해진 패배…… 아니, 승부라고도 할 수 없는 싸움의 말로였다.

"오래 기다렸지~?! 자, 리허설하자~!"

그렇게 정적이 흐르는 실내에 혼자서 다른 세 명을 능가할 정도로 활기차고, 환하며, 느긋한 목소리가 울려 퍼졌다.

"이야~. 카토가 실행위원회에 교섭을 해준 덕분에, 지금부터 딱 30분만 음악실을 쓸 수 있게 됐어!"

"밋치……."

"……."

"……."

세 사람이 문 쪽을 쳐다보았다. 그러자 방금 그녀들의 머릿속에서 사망이 확인된, 독특한 쇼트헤어를 한 활발한 소녀의 모습이 눈에 들어왔다.

걸즈 밴드 『icy tail』의 보컬 겸 기타 담당인 효도 미치루, 밋치다.

"……다들 왜 그래? 기운이 없네~. 혹시 긴장한 거야?"

"아, 그게……."

"으, 응……."

"그, 그런 것 같아……."

"다들 한심하네~. 자, 일전의 라이브를 떠올려봐~! 전설을 만들었잖아! 우리 실력은 어디서든 먹혀!"

"으, 응……."

"그, 그래……."

"밋치의 말이 맞아……."

그 모습은 그녀들에게 있어서는 드라마의 회상 장면 같았으며, 흘러간 과거의 눈부신 시절처럼 찬란히 빛나고 있었다.

뭐, 실제로는 지금 눈앞에서 벌어지고 있는 일이지만 말이다.

"어쩔 수 없네~. 좋아. 그럼 지난번처럼 기합 넣자."

그리고 그런 존재인 미치루가 그녀들 앞에서 뭐든 자신의 뜻대로 될 거라 믿어 의심치 않는, 강렬한 눈빛을 머금은 채 손을 내밀었다.

그래서 다른 세 사람은 미치루에게 이끌리듯, 그녀의 손 위에 자신들의 손을 얹었다.

"『icy tail』 전설 제2탄이야……. 토요가사키의 애들을 전부 휘어잡자."

"팬이 늘어나면 좋겠네."

"라이브가 끝난 후에 미팅 신청을 받는 거 아닐까~?"

"에치카는 지금 애인과 헤어진 후에 그런 소리를 해."

게다가 세 사람은 평소와 마찬가지로, 미치루의 꿈에 자신들의 꿈을 포갰다.

"그럼 다들 준비 OK? ……『icy tail』, 가자~!"

""""오~!""""

그리고 세 사람은 미치루보다 더 힘차게 기합을 질렀다.

……『아무튼 힘내, 밋치』 하고, 마음속으로 공허한 응원을 보내면서 말이다.

chapter 3 : Hashima

점심때인 현재, 본동(本棟) 복도는 1년 중에서 가장 성황을 이루고 있었다.

각 교실의 문과 창문에는 다양한 형태로 장식이 되어 있으며, 호객을 하는 학생들과 눈요기만 하고 있는 일반 손님들로 가득 차 있었다. 그야 말로 모 이벤트에 버금갈 정도로 사람들로 붐비…… 아, 죄송합니다. 솔직히 말해 그쪽은 사람들이 너무 많이 몰리죠.

"우와아, 고등학교 문화제인데 엄청 분위기가 뜨겁네~!"

"토요가사키는 고등학교 문화제 중에서도 일반 입장자가 많은 걸로 유명하거든."

앞으로 나아가기도 힘든 복도를 사람들을 피하며 남들이 시끄럽게 느끼지 않을 정도의 절묘한 음량으로 이야기를 나누며 나아가고 있는 남녀가 있었다.

"이런 분위기, 참 좋네……. 나, 역시 토요가사키로 진학하고 싶어~."

눈을 반짝이며 시야에 들어오는 모든 것에 동경의 시선을 보내고 있는, 아담한 체구지만 특정 부위만 아담하지 않은 경단 헤어 여자애의 이름은 하시마 이즈미다.

"그럼 이즈미는 공부를 더 열심히 해야겠는걸."

그리고 그녀를 가볍게 놀리며 상냥하게 지켜봐주고 있는, 천연 파마 갈색 머리에 호리호리한 몸매를 지닌 장신의 남자애는 이즈미의 오빠인 하시마 이오리다.

……이 남매는 둘 다 토요가사키 학생이 아니지만, 평일 낮에 다른 학교의 문화제를 즐기고 있는 상황에 대해서는 앞에서 나온 여자애들과 마찬가지로 캐묻지 말아주시면 감사하겠습니다.

"그것보다, 이즈미를 초대해준 그 친구란 사람과는 연락이 됐어?"

"메구미 씨한테서는 방금 LINE으로 메시지가 왔어. 지금 좀 바쁘니 한 시 쯤에 우리와 합류하겠대."

"30분 후구나……. 그 사람, 바쁜가 보네."

"『그 사람』? ……오빠도 일전에 만났잖아? 토모야 선배, 사와무라 선배와 같이 있던 카토 메구미 씨야~."

"……그런 사람이 있었어?"

"오빠는 정말~! 흥미 있는 사람과 없는 사람을 극단적으로 차별해서 대하지 좀 마~."

"아니, 그런 게 아닌데……."

이오리는 진짜로 기억이 나지 않았다.

그것은 이즈미가 방금 말한 것처럼, 흥미가 없는 상대에게는 관심 자체가 없기 때문이다.

그리고 그때 대치하고 있던 사람은 이오리에게 다른 사람을 신경 쓸 여유가 없을 정도로 그에게 중요한 상대였던 것이다.

그 상대는 이오리가 자신의 서클에 영입하려 했던 인기 일러스트레이터, 카시와기 에리…… 사와무라 스펜서 에리리, 그리고 바로 그 카시와기 에리의 현재 파트너이자, 그가 집착하고 있는『숙적』이라 할 수 있는 이였던 것이다.

"뭐, 메구미 씨가 오빠에게 흥미를 가져도 위험하니까, 차라리 잘된 걸지도 몰라."

"요즘 들어서 이즈미가 나를 대하는 태도가 점점 나빠지고 있는 것 같지 않아?"

하지만 만약 이오리가 『그 사람』과 『숙적』의 실제 관계를 세세하게 알고 있다면, 이즈미가 우려하는 것과는 전혀 다른 방향으로 매우 위험한 사태가 벌어졌을 것이다.

"요즘 들어 오빠가 내 앞에서 본성을 마구 드러내니까 이러는 거야!"

"에이~."

……뭐, 그 점에 대해서는 다음 기회에 이야기하기로 하고, 지금은 이 남매의 훈훈한 모습을 즐겨줬으면 합니다.

"느닷없이 「나, 실은 『rouge en rouge』의 대표야」 같은 말을 들으면, 누구든 다 이럴 걸?!"

몇 달 전까지만 해도, 이즈미는 이오리가 거대한 서클을 운영하고 있다는 것을 몰랐다.

아니, 정확하게는 겉모습과 내면이 명백하게 리얼충인 이 날라리 친오빠가 자신과 마찬가지로 오타쿠일 거라고는 상상도 못한 것이다.

"그런 나한테 『rouge en rouge』에서 그림을 그려보고 싶다고 말한 사람은 이즈미잖아?"

"내가 그렇게 말하도록 유도했으면서……."

"그래도 이즈미가 「카시와기 에리한테 이기고 싶다」고 말하지만 않았다면, 나는 정체를 밝히지 않았을 거야. ……적어도 앞으로 2년 동안은 말이지."

하지만 그런 오빠의 본성을 안 순간…….

이즈미는 지금까지 스스로도 눈치채지 못했던 자신의 본성을 드러냈다.

"2년이나 기다릴 수는 없어……."

그래서 두 사람은 이전까지의, 『꽤 사이가 좋고, 서로에게 간섭하지 않는』 그런 평범한 남매관계를 관뒀다.

그리고 두 사람은 비슷하지만 미묘하게 차이가 나는 각자의 야망을 이루기 위해, 서로의 힘을 이용하는 파트너가 되었다.

"뭐, 지금의 이즈미라면 2년이나 기다리지 않아도 될 거라고 생각했지만 말이야……."

비슷하지만 미묘하게 차이가 나는 각자의 적과 싸우기 위해서, 비슷하지만 미묘하게 차이가 나는 그리고 동경하는 상대에게 다가서기 위해서…….

"……이즈미?"

칼로리가 상당한 맹세를 떠올렸더니 배가 고픈 건지 이즈미는 이오리의 몇 걸음 뒤편에서 멀뚱멀뚱 서있었다.

"지친 거니? 아니면 배가 고픈 거야? 근처 가게에서 좀 쉴까?"

눈앞에는 『3학년 C반 메이드카페』라는 간판이 식욕과는 방향성이 다른 욕구를 자극하고 있었지만, 이오리는 그 점에 대한 언급을 피하며 동생인 이즈미의 얼굴을 들여다보았다.

"이, 이……."

"이, 이즈미, 왜 그러니?"

하지만 이오리의 그런 경솔한 인식을 배신하듯, 이즈미의 표정은 격렬하게 흔들리고 있었다. 그런 이즈미의 이마에 배인 진땀이, 그녀의 감정이 얼마나 심하게 물결치고 있는지 알려주고 있었다.

"이, 이, 이건……."

그리고, 이즈미의 격렬하게 떨리는 손을 쳐다보니…….

그녀는 전단지 한 장을 움켜쥐고 있었다.

"미스 토요가사키를 뽑는 투표에 꼭 참가해주세요~!"

"결과 발표는 일요일 한 시에 교정의 특설 스테이지에서 개최되니, 여러분도 꼭 보러 와주세요~!"

주위를 둘러보니, 아까 두 사람이 지나친 계단 쪽에서 실행위원회 소속인 듯한 남학생들이 힘찬 목소리로 그렇게 외치며 전단지를 나눠주고 있었다.

"좀 봐도 될까? 어디어디………… 아하하하하하하하하하하하하하하~."

"웃을 일이 아냐~!"

그리고 여동생이 손에 쥔 전단지에 적혀 있는 커다란 선전문구를 본 순간, 이오리는 동생이 왜 저런 반응을 보이는 건지 정확하게 이해했고 어처구니없음과 어이없음을 동시에 느낀 그는 그저 큰 소리로 웃음을 터뜨릴 수밖에 없었다.

『사와무라 에리리, 3연속 우승을 달성할 것인가?!』

"그, 그, 그 사람……."

"……이런 쪽으로는 상대가 안 되겠는걸~."

두 사람의 뇌리에는 그녀의 숙적이자 그의 타깃인 금발 트윈테일 소녀의 모습이 동시에 떠올랐다.

"그, 그…… 그렇게 어른스럽지 못하고, 툭하면 시비조였으면서~!"

"뭐, 적어도 외모 하나는 나무랄 데가 없으니까 말이야……. 만약 본인이 자기 부스에 얼굴을 내밀었다간, 수백 명의 스토커에게 시달리게 될 레벨이지."

"다들 그 사람의 본성을 몰라서 속고 있는 것뿐이야!"

"그래도 미인대회에 나가는 애라면 다 비슷할걸?"

예전에 어느 학교의 미인대회 여왕과도 한때 사귄 적이 있는 남자의 이런 발언에는 무게가 있었다. 아무튼, 그런 건 일단 제쳐두자

"일요일…… 모레……."

"이즈미?"

그 순간, 이오리는 여동생의 눈에 어린 거무튀튀한 불꽃을 보고 말았다.

"메구미 씨가 일요일 티켓도 구해줄 수 있을까……. 일단

부탁이라도 해봐야지."

"설마 결과 발표를 보러 올 생각이야? 하지만 일요일은 서클 합숙……."

"하지만! 이대로는 납득 못해!"

"아니, 그러니까, 그렇다고 별 뾰족한 수가……."

"……폭로해 주겠어."

"뭐?"

"미인대회장에서 마구 야유를 날려서, 본성을 드러내게 만들 거야!"

"승부는 겨울 코믹마켓에서 내기로 한 거 아니었어?"

"그건 카시와기 에리와의 승부야! 사와무라 선배와는, 얼굴을 마주할 때마다 치고받는 게 우리 사이의 룰이란 말이야!"

"너희는 아키○서점의 세계에서 살고 있는 거냐……."

"아무튼 메구미 씨와 만나자. 오빠, 서둘러!"

"잠깐만. 기다려, 이즈미……."

전혀 예상치 못한 방향으로 열의를 불태우기 시작한 이즈미의 뒤를 좇으면서도 이오리는 앞으로 벌어질 성가신 사태에 휘말리지 않기 위해, 이즈미와 『고의로 뿔뿔이 흩어질』 타이밍을 차분하게 재기로 했다.

chapter 4 : Megumi-2

"어디로 간 걸까……."

오후 두 시가 지났는데도 여전히 사람들로 붐비고 있는 복도를, 메구미는 서둘러 뛰어다니고 있었다.

사실 메구미는 오늘 하루 종일 이렇게 허둥대고 있었다.

늦잠을 잔 바람에 실행위원회의 입하 하에서의 미치루 일행의 라이브 협의에 늦고 말았다.

최종적으로는 협의만이 아니라 라이브도 무사히 끝났지만 라이브가 끝나고 나서 메구미가 지각한 것을 사과했을 때, 미치루 이외의 밴드 멤버가 뜨뜻미지근한 눈길로 자신을 쳐다본 것이 왠지 신경 쓰였다.

게다가 이즈미와 약속했던, 『함께 문화제를 둘러본다』는 약속 또한 충분히 지키지 못했다.

그래도 합류해보니 이즈미는 속사포처럼 말을 늘어놓았고, 함께 왔다는 오빠와는 어느새 흩어지고 만 것 같았다. 그녀도 이런저런 일이 있었던 것 같았기에, 양심의 가책을 느낄 새도 없이 달래느라 정신이 없었다.

"큰일이야, 아키 군……."

그리고 현재 메구미는 오늘의 마지막, 그리고 최대의 중대사에 직면하기 위해, 옥상으로 이어지는 계단을 올라가고 있었다.

"이 선택은 카스미가오카 선배에게 있어서, 엄청 중요한 의미를 가지고 있어."

메구미는 손에 쥔 스마트폰으로 아까부터 계속 전화를 줬지만, 상대는 받지를 않았다.

"알고 있긴 한 걸까……."

그래서 메구미는 일말의 불안을 안은 채, 힘차게 옥상의 문을 열었다.

……그리고 몇 초 후, 매우 조용히 문을 닫게 됐다.

평행세계의 말맞추기

"오늘 이렇게 와주셔서 고마워요……. 사가노 후미오 선생님."

"아~, 아뇨. 저야말로 연락 주셔서 감사해요."

11월 막바지의 어느 주말의 오후.

거대 출판사 후시카와 서점이 들어선 이 빌딩의 회의실에서는 두 여성이 마주 앉아서 회의를 시작하려 하고 있었다.

"……그런데 사가노 선생님은 여성이었군요. 펜네임과 메일의 문장을 보고, 남성이신 줄 알았어요."

"아, 그게, 실은 말이죠. 그건 오빠…… 오빠와의 공통 펜네임이라고나 할까요?"

"오빠 분과요?"

"그게 피치 못할 사정이 있어서…… 실제로 그림을 그리는 사람은 저지만, 겉으로는 오빠가 사가노 후미오인 걸로 되어 있어요."

"그렇군요……."

이 회의실에서 마주 앉아있는 두 사람 중 검은색 정장을 말끔하게 차려입은 여성은 애니메이션에서도 중요 게스트 캐릭터로 익숙한, 후시카와 서점 판타스틱 문고 편집부의 마치다 소노코 부편집장(CV : 쿠와시마 호우코)였다.

그런 마치다보다 한참 어려보이고, 하늘하늘거리는 귀여운 옷을 입은 여성 쪽은 애니메이션은 고사하고 원작에서도 본편(GS 2에서만)에서는 나온 적 없는 레어 캐릭터였다.

사가노 후미오라는 이름으로 동인계에서 최근에 인기가 급상승 중인 일러스트레이터이자, 남성 같은 펜네임에 어울리지 않게 열이면 열 『귀엽다』고 평할 틀림없는 미소녀인 그녀와 마주한 마치다는 상대방에게서 독특한 인상을 받고 있었다.

그것은 『남자 이름을 쓰는 건 스토커 대책?』, 『그 오빠가 혹시 애인 아냐?』 같은 방금 대화에서 비롯된 속된 추측이 아니였다.

『이 애…… 마유이를 닮았어.』

마치다가 부편집장이 되고도 계속 담당하고 있는 작가, 카스미 우타코의 데뷔작 『사랑에 빠진 메트로놈』의 등장인물이자 세컨드 히로인으로 만들어졌지만, 메인 히로인인 사유카를 제치고 주인공과 맺어진 『마유이』의 비주얼을 떠올린 것이다.

※ ※ ※

“그럼 검토해주시겠어요?”

“카스미 우타코 선생님이 쓰는 차기작의 삽화, 인가요…….”

“예. 현재 타이틀은 『순정 헥토파스칼』로 예정되어 있어요.”

뭐, 상대방을 보고 느낀 흔치 않은 인상에 대해서는 그만 생각하기로 한 마치다는 당초의 예정대로 작은 글자가 인쇄된 두 장의 서류를 내밀면서, 오늘 그녀를 이곳으로 부른 목적을 밝혔다.

마치다가 내민 서류에는 『순정 헥토파스칼 기획서(제3판) 20××/7/7 카스미 우타코』라는 문자가 다른 문자보다 큰 사이즈로 적혀 있었다.

‘순정 헥토파스칼’, 데뷔작인 『사랑에 빠진 메트로놈』 전5권으로 50만부 돌파라고 하는 신인 작가의 작품으로서는 멋진 히트를 기록한 카스미 우타코가 만반의 준비 끝내 내놓는 차기작이다.

후시카와 서점으로서도 발매 전부터 잡지 특집을 기획하고, 모 자치단체와의 제휴 및 협력을 진행하는 등, 파격적인 대우를 해줄 정도로 많은 기대를 걸고 있는 신작이다.

……참고로 여러 제반사정 때문에 지나칠 정도로 만반의

준비를 한 바람에 전작이 완결 나고 반년이 지났는데도 책이 간행되지 않았다. 그래서 이렇게 시간을 들이며 삽화 후보를 선별할 수 있는 것이다.

"순정…… 청춘물, 인가요?"

"굳이 따지자면 러브코미디에 가까울 거예요. 히트를 칠 때는 어마어마하게 치면서, 우후죽순처럼 유사품이 양산되고, 그 바람에 한물 갈 때도 있지만, 시간이 지나면 좀비처럼 부활하는 주기적인 유행병 같은 장르죠."

"자, 자, 잠깐만요?!"

"즉, 어느 시대에나 고정 팬이 있는 탄탄한 장르죠. 걱정하실 필요 없어요."

"그렇게는 전혀 들리지 않았거든요~?!"

"아무튼, 밝고 귀여움으로 가득한 작품이니 사가노 선생님이 그리는 작품의 방향성과도 부합될 거라고 생각해요. 어떠신가요?"

마치다가 사가노 후미오를 눈독들인 이유는 총 네 가지다.

첫 번째 이유는 그녀가 자신 — 과 오빠 — 의 서클 『cutie fake』로 내는 동인지가 최근 들어 매우 큰 인기를 얻고 있으며, 중고 동인 매장에서도 유리 케이스에 전시되기 일쑤인 것이다.

두 번째 이유는 그런 프리미엄 동인지가 게재되는 일러스트가 평판대로 대중적이고 색채가 화려하며 캐릭터도 귀여운, 고레벨의 모에함을 제공해준다.

세 번째 이유는 새롭게 두각을 나타내고 있는 인기 작가인데도 불구하고 지금까지 상업쪽 일을 한 번도 한 적 없는, 이른바 『신품』인 것이다.

그리고 마지막 이유…… 아니, 이 모든 일의 발단이었던 점은 바로 그녀, 사가노 후미오가 유명 블로그 『TAKI의 HP』에서 극찬을 받고 있었다는 점이다.

그렇다. 마치다는 카스미 우타코를 스타덤에 올렸다고 해도 과언이 아닌 유명 블로거, TAKI(아키 토모야)의 선견지명을 자신의 감에 버금갈 정도로 믿고 있다.

그래서 그가 작년 시점에 『올해 들어 최고의 발굴품』이라고 평가한 사가노 후미오는 반년 전부터 그녀의 『다음 거물 타이틀을 위한 비장의 카드』의 최우선 후보로 여겨졌다.

"저기, 실례지만 이 작품은 진짜로 밝고 귀여움으로 가득한 작품이 맞나요?"

"……혹시 걱정이 되는 점이라도 있나요?"

긍정적인 반응을 보이고 있는 마치다와 달리, 어찌 보면 신데렐라가 될 기회를 얻었다고도 할 수 있는 사가노 후미오 쪽은 꽤 회의적인 반응을 보이고 있었다.

"으음, 실은 말이죠. 저는 이 연락을 받고 나서, 카스미 선생님의 『사랑에 빠진 메트로놈』을 읽어봤어요."

"……아하."

"그런데, 제 취향에는 맞지 않는 것 같았거든요……."

마치다는 그녀가 미묘하게 부정적인 반응을 보이는 이유를 6할 정도 이해했다.

사가노 후미오가 밝고 귀여움으로 가득한 러브코미디의 샘플로서 『사랑에 빠진 메트로놈』을 접했다면, 이런 반응을 보이는 것도 당연했다.

왜냐하면 『사랑에 빠진 메트로놈』이란 작품은 『밝고 귀여움으로 가득한 러브코미디』와는 정반대……라고 할 정도는 아니지만, 얼추 대각선 45도 정도 방향성이 다르다.

등장인물들은 사랑 때문에 진지하게 고민하고, 때로는 화내거나, 때로는 울면서 추한 감정을 서로에서 드러내는 것이다.

그런 『견실함』이 카스미 우타코라는 작가의 매력이며, 앞으로도 갈고 닦아줬으면 하는 자질이기도 하지만 그래도 눈앞에 있는 소녀처럼 『귀여움』을 중시하는 유저의 취향에는 맞지 않을지도 모른다.

"그런 걱정은 할 필요 없어요. ……『순정 헥토파스칼』은 틀림없이 『밝고 귀여움으로 가득한 러브코미디』가 될 거예요. 제가 보증하죠."

"그런가요……?"

하지만 마치다는 자기 입으로 말했다시피, 그런 상대방의 걱정을 뒤집을 자신이 있었다.

그 이유 중 하나는 이번 기획은 처음부터 자신이 적극적으로 참가하면서 방향성에 관한 의견 일치를 이뤄왔던 것이다.

그리고 또 하나의 이유는 카스미 우타코라는 작가가 특기 장르 이외에서의 대응력, 그리고 이윽고 다른 장르의 독자로 팬으로 만들 수 있을 정도의 진정한 실력을 지녔다는 신뢰다.

"부편집장님, 인쇄가 끝났어요~."

"키타다 군, 기다리고 있었어!"

그리고 다음 순간, 그녀의 자신감을 뒷받침해줄 물건이 도착했다.

노크를 하면서 회의실 안으로 들어온 아르바이트 청년은 더블 클립으로 고정한 두터운 종이다발을 테이블 위에 내려놓았다.

"이건……?"

"이게 바로 밝고 귀여움으로 가득한 러브코미디예요."

"그럼……."

"『순정 헥토파스칼』의 초벌 원고죠……. 사가노 선생님."

그것은 이 회의가 시작되기 몇 분 전에 카스미 우타코에게서 전달 받은 소중한 원고였다.

"저기, 아직 발매도 안 된 걸 제가 봐도 되나요……?"

"실은 저도 아직 읽지 못했어요."

……참고로 원래는 어제까지 보내주기로 되어 있었던 원

고다.

……또한, 사실은 두 달 전에 받아서 이번 달에 간행할 예정이었던 원고였다.

"편집부 측에서도 보지 않은 원고를 제가 본다면 더 문제가 되지 않을까요? 저는 아직 이 일을 맡겠다고는……."

"괜찮아요. 거절당한 후의 일을 지금 걱정해봤자 아무 소용없으니까요."

하지만 마치다는 자신의 속을 쓰리게 만드는 감정을 봉인하고 『지금 이 시간에 이 원고를 전달받은 건, 신의 계시다』 식의 라이트노벨 편집자다운 생각을 품었다. 그리고 맑디맑은 눈길로 자신의 앞에 있는 일러스트레이터 후보를 응시했다.

"그, 그럼…… 실례할게요."

그리고 그런 어른의 힘에 압도당한 젊은이는 어느새 마치다의 페이스에 완전히 휘말리더니, 긴장한 표정으로 종이다발을 향해 손을 뻗었다.

두께가 5센티미터를 가볍게 넘는 그 원고는 꽤나 묵직했으며…….

그 무게에는 작가의 집념과 열정 그리고 다양한 감정이 담겨 있는 것처럼 느껴졌다.

"……."

"……."

그리고 그로부터 한 시간 동안 사가노 후미오가 「실례할게요」 하고 말한 후, 회의실에서는 그 어떤 목소리도 울려 퍼지지 않았다.

이곳에 존재한 소리는 정기적으로 종이를 넘기는 소리와, 두 사람의 숨소리, 그리고 의자가 삐걱거리는 소리뿐이다.

현재 넘어간 페이지는 전체의 절반 정도지만 거꾸로 본다면 아직 절반이나 남아 있으며, 이 침묵 또한 앞으로 한 시간가량 이어질 것이라는 사실을 두 사람 다 인식하고 있었다.

"……."

"……."

그래도 마치다는 지겨워하지도, 도중까지의 감상을 묻지도 않으며, 그저 바른 자세로 앉은 채 사가노 후미오를 지그시 응시했다.

그리고 사가노 후미오 또한 마치다의 시선을 개의치도 작품을 지겨워하지도 않으며, 그저 묵묵히 종이를 넘기면서 글자를 눈으로 좇았다.

"……잘 봤어요."

"……."

그로부터 한 시간 후. 모든 원고를 넘기고, 깊은 한숨을 내쉰 사가노 후미오가 두 시간 만에 그렇게 말하자, 마치다는 그녀를 향해 깊이 고개를 숙였다.

"사가노 선생님, 어떠셨나요?"

그리고 고개를 든 마치다는 편집자가 작가에게 뭔가를 부탁할 때 흔히 짓는, 결코 굽히지도, 물러서지도, 포기하지도, 양보하지도 않는 하이에…… 아니, 늑대 같은 시선으로 그녀를 응시했다.

"이 작품의 일러스트를…… 맡아주지 않겠어요?"

이 말을 입에 담은 순간, 마치다의 머릿속은 표지 원고 마감일, 컬러 일러스트 구도, 흑백 삽화 배치 장소, 매장 특전용 신규 일러스트, 사인회의 일러스트레이터 본인 참가 여부 등등으로 가득 차 있었다.

하지만 지금은 우선 상대의 의지를 존중하며, 그저 애타는 눈길로 노려보…… 아니, 응시하기만 했다.

"으음, 다시 한 번 묻겠는데요……."

하지만 사가노 후미오는 마치다처럼 각오를 다지지 못한 건지, 그저 당황스러운 표정을 지으며 흔들리는 목소리로 말을 이었다.

"왜, 이 작품을 저에게 맡기기로 마음먹은 건가요?"

"사가노 후미오 선생님의 대중적이고 귀여운 화풍이 이 작품과 베스트 매치일 거라고 생각했기 때문이에요!"

그 애매한 태도를 찬스로 여긴 듯한 마치다는 강한 의지를 드러내서 상대방의 퇴로를 차단…… 아, 아니, 궁지에 몰아넣…… 아, 아니, 그러니까…….

"이, 이게…… 대중적이고 귀엽다고요……?"

"……사가노 선생님?"

하지만 상대방의 말과 반응은 서서히 마치다의 기대했던 것과 어긋나더니…….

"저, 저기, 진짜로, 이 작품의 타이틀이 『순정 헥토파스칼』인가요? 혹시 안티테제 같은 건가요?"

"예, 예에……?"

"죄송한데…… 저는 후시카와 서점 측의 생각을 모르겠어요."

그리고 새파랗게 질린 얼굴을 숙이더니, 원고를 내밀었다.

"어, 어째서…… 사가노 선생님?"

"그걸 몰라서 묻는 건가요? ……나는 당신이 무슨 생각을 하고 있는 건지 하나도 모르겠어!"

"예에에에엣~?!"

"이게 『밝고 귀여움으로 가득한 러브코미디』…… 감성이 어떻게 되어먹은 거야? 라이트노벨이란 건 원래 그런 거야? 아니면 내 감성이 이상한 거야?!"

"저, 저기……?"

"흥분해서 죄송해요……. 그리고, 오늘은 이만 실례하도록 할게요."

사가노 후미오는 얼굴이 새파랗게 질린 채…… 도망치듯이 회의실을 서둘러 나섰다.

"사, 사가노 선생님~?!"

그리고 편집자로서 꽤나 굴욕적인 말을 듣고 만 마치다는 그저 혼란스러워 하며 그녀를 응시했다.

"뭐, 뭐가 대체 어떻게 된 거야……?"

그리고 마치다는 한동안 사가노 후미오가 나선 문을 멍하니 쳐다보고 있었지만…….

아주 약간 마음이 진정되자, 그녀가 자신에게 돌려줬던 원고를 쳐다보았다.

그리고 원고의 첫 페이지에 타이틀을 보았다.

『cherry blessing 제2고(루리 루트) 카스미 우타코』

"키타다아아아아아아아아아아~~~!"

편집부 전체에 울려 퍼질 듯한, 지옥 밑바닥에서 터져 나온 것 같은 절규를 토했다.

※ ※ ※

"죄송합니다! 죄송합니다! 슈퍼 초특급이라고 하셔서 내용을 체크하지 않았어요~!"

"으으……."

그 ― 후시카와 서점과는 전혀 상관없는 ― 원고를 전달

한 아르바이트 청년은 화가 잔뜩 난 마치다를 향해 깊이 고개를 숙였다.

한편 마치다는 머리끝까지 치솟은 화를 어찌어찌 겨우 삭이면서 눈앞의 청년을 미묘한 표정으로 내려다보았다.

슈퍼 초특급이라고 강조를 했을 뿐만 아니라, 내용을 전혀 체크하지 않은 건 마치다도 마찬가지이기에…… 이 사태의 초래한 책임은 그녀에게도 있는 것이다.

"방금 카스미 선생님과도 연락이 되었는데…… 저기, 다른 곳에 납품해야 하는 데이터를 실수로 보낸 것 같다고……."

"……다른 곳에 전송하진 않았겠지?"

"예! 그리고 메일과 첨부자료도 전부 서버에서 삭제했어요! 남은 건 이 인쇄물뿐입니다!"

그리고 명백하게 미스를 벌인 사람은 이 자리에 있는 멤버가 아니라, 이것을 쓴 작가(카스미 우타코) 본인 것이다.

"그런데, 『순정 헥토파스칼』은 어떻게 됐어?"

"그, 그게, 다시 전달을 받기는…… 했는데……."

"더는 화내지 않을 테니까, 사실을 있는 그대로 알려줘."

"실은, 아직 절반도 완성되지 않은 것 같아요……."

"……그렇구나."

게다가 이것은 미스가 아니라 마감을 펑크 내게 된 작가가 일부러 다른 원고를 보낸 것일지도 모른다는 의혹이 들었다.

그럴 경우, 무슨 의도로 이런 것인지는 작가 본인만이 알

것이다.

『나는 당신이 무슨 생각을 하고 있는 건지 하나도 모르겠어!』
『이게 「밝고 귀여움으로 가득한 러브코미디」…… 감성이 어떻게 되어먹은 거야?』

이제야 사가노 후미오가 했던 말을 이해할 수 있었다.
아니, 『타이틀이 다르니 뭔가 착오가 있다는 걸 눈치채야 정상 아냐……?』 같은 푸념은 입에 담지 않았다. 본인도 이 자리에 없으니까 말이다.
"이게…… 시~ 양이 나를 내팽개쳐두고 TAKI군을 위해 한 땀 한 땀 정성들여 쓴 원고구나."
"TAKI군?"
"신경 쓰지 마. 내 맹우이자 천적이야."
"아, 예……."
그 대신 감개무량함이 섞인 푸념 같은 말을 입에 담으며, 마치다는 편집부에 딱 한 부만 남은 이 종이 원고를 다시 손에 쥐었다.
유심히 살펴보니, 이것은 5센티미터가 넘는 두꺼운 종이 다발이었다. 만약 이게 라이트노벨 원고라면 「일단 절반으로 줄인 후에 가지고 와!」, 「상하권 구성이야?!」, 「너, 라이트노벨 경력이 얼마나 돼?!」 같은 소리를 할 분량이었다.

마치다는 원고가 너무 두껍다는 것을 눈치채지 못한 자신의 어리석음을 저주할 수밖에 없었다.

"그럼 읽어볼까……."

"으음, 부편집장님. 그것도 폐기를 해야……."

"30분만 기다려."

"……예."

뭐, 아무튼 간에 눈앞에 자신이 숭배…… 아니, 담당하는 작가의 최신작 원고가 있을 경우, 그녀에게는 그것을 읽지 않고 버린다고 하는 선택지가 존재하지 않았다.

게다가 자기 쪽 원고의 마감을 밥 먹듯이 어겨댄 걸로 모자라, 일러스트레이터와의 교섭도 엉망으로 만든 망할 작가와의 의리를 지켜야 할 필요성도 느끼지 못하는 것이다.

"……."

"……."

그리고 한 시간 후. 마치다가 「30분만 기다려」 하고 말한 후, 이 회의실에서는 정적만이 흘렀다.

뭐, 이 시점에서 마치다가 자기가 했던 구두 약속을 어긴 거지만…….

"……휴우, 고마워. 이제 폐기해도 돼."

그래도 편집자답게 사가노 후미오가 두 시간이나 걸려 읽은 시간을 절반 정도의 시간 만에 다 읽더니, 그 종이다발을 아르바이트 청년에게 건넸다.

"……어땠나요?"

"키타다 군은 이걸 읽어봤어?"

"아뇨. 그러면 안 될 것 같아서……."

"그랬구나……."

"하지만 카스미 우타코가 가장 최근에 쓴 원고가 어떤 내용인지는 좀 궁금해요……."

그런 적당한 이유를 입에 담기는 했지만 그가 눈앞에 있는 원고에 흥미를 가지게 된 것은 다른 이유 때문이었다.

"그래……. 영락없는 카스미 우타코였어."

"아하, 카스미 우타코 테이스트였다는 건가요?"

그는 마치다 부편집장의 표정을 한 시간 동안 쭉 지켜보고 있었던 것이다.

"게다가, 사유카이기도 했어."

"아, 『사랑에 빠진 메트로놈』의 히로인 말인가요?"

이 원고를 읽고 있는 그녀의 표정이 시시각각 변하는 모습을, 쭉 지켜보고 있었던 것이다.

"그리고…… 시~ 양이기도 했네."

"……그건 처음에 한 말과 같은 의미 아닌가요?"

"같은 의미처럼 들릴지도 모르지만, 전혀 달라……."

"그런가요……."

서서히, 서서히, 시간이 가는 것을 잊고 자기 자신마저 잊은 채 황홀경에 빠져드는, 그 『완전히 매료된』 독자의 반응을 두 눈으로 똑똑히 봤던 것이다.

마치다의 라이트노벨 편집자의 시점에서 본다면 이 『게임 시나리오』는 사실 잘 쓴 전기 『소설』이었다.

확 — 어느 레이블로 낼지에 대해서는 검토의 여지가 있지만 — 이대로 책으로 출판해도 될 만큼, 『소설로서의』 완성도가 뛰어났다.

이것이야말로 『사랑에 빠진 메트로놈』을 쓴 카스미 우타코가 개척한 새로운 경지이며, 그녀의 계보를 이어받고 있는 정통 후계작이기도 했다.

그리고 마치다의 개인적 관점에서 볼 때…… 이것은 『사랑에 빠진 메트로놈』과 마찬가지로, 애절한 『자전적 소설』이었다.

“자…… 그럼 다른 삽화 후보를 찾아봐야겠네. 키타다 군은 추천할 만한 사람 없어?”

“사가노 선생님은 포기하는 건가요? 다시 교섭해보지는 않을 건가요?”

“괜찮아. 생각이 바뀐다면, 그쪽에서 연락이 오겠지. 게다가…….”

“게다가?”

“……이걸 읽고도 아무런 느낌도 못 받은 녀석과는 같이 일하고 싶지 않아."

"부편집장님……."

그런 식으로 허세를 부리기는 했지만 사실 마치다는 확신을 가지고 있었다.

왜냐하면 그녀는 사가노 후미오의 표정을 두 시간 동안 쭉 살폈던 것이다.

그녀가 이 원고를 읽으며 보여준 표정의 변천사를 쭉 살폈던 것이다.

서서히, 서서히, 시간이 가는 것을 잊고, 자기 자신마저 잊은 채 황홀경에 빠져드는, 그 『완전히 매료된』 독자의 반응을 두 눈으로 똑똑히 봤던 것이다.

(추신 1)

사흘 후, 마치다는 사가노 후미오에게서 『역시 하겠어요!』라는 제목의 메일이 받는다…….

(추신 2)

귀가 후, 전기 계열 어드벤처 게임에 매료되고 만 사가노 후미오는 인터넷을 뒤지며 다양한 정보를 접했고 그리고 타이밍 좋게 그 날 체험판이 공개된 게임을 접하게 된다.

그 게임의 제목은 바로 『영원과 찰나의 에방질』이다.

주석1 :

이 SS는 애니메이션판 『시원찮은 그녀(히로인)를 위한 육성방법♭(플랫)』의 설정에 따르고 있으며, 원작 『시원찮은 그녀를 위한 육성방법』과는 묘사가 차이 납니다. 양해 부탁드립니다(체념).

주석2 :

원작을 가지고 계신 분은 어디가 어떻게 다른지 확인해보시는 것도 재미있을 거라 생각합니다(뻔뻔).

※ ※ ※

"미안해, 미안해, 토모 군……. 야, 약속, 지키지 못해서, 미안, 해."

“에, 에리리…… 에리리~!”

어렴풋한 햇살이 방 안으로 스며드는 오전 여덟 시 경.

겨울방학이라 얼마든지 늦잠을 자도 되는 이 시기의 아침에, 침대에 드러누운 채 힘없는 목소리로 그렇게 중얼거리고 있는 어린 소녀가 있었다.

평소에는 백자처럼 새하얗던 볼이 새빨간 색으로 물들었으며, 이마에는 커다란 땀방울이 맺혀 있었다.

“자, 토모야 군. 감기 옮으면 안 되니, 이만 나가자꾸나.”

“하, 하지만, 에리리가, 에리리가아아~!”

그 소녀의, 목숨의 등불이 꺼지려 하는 덧없는 표정과 목소리는, 그 모습을 본 같은 또래 소년에게 몸이 찢겨져 나가는 것 같은 고통을 안겨줬다.

“그냥 감기에 걸린 거야. 어제 무리를 한 것 같네. 아직 이나스 고원의 추위에 익숙해지지 않았는데 말이야.”

“저, 정말이야? 에리리, 안 죽는 거지? 진짜지? 신에게 맹세할 수 있어?”

“그래. 토모야 군이 관을 끌며 이동할 필요도 없고, 용돈이 반으로 줄지도 않아.”

여자애와 마찬가지로 새하얀 피부를 지닌 그녀의 외국인 아버지는 유창한 일본어와 순일본산 RPG(드○곤 퀘○트) 표현으로 소년을 방밖으로 내보냈다.

“토모 군…… 잘 가.”

"에리리이이이이이~!"

그것은, 소년이 몇 번이나 봐왔던 광경이지만 그래도 그는 매번 이 광경을 볼 때마다 세상이 종말을 맞이한 것처럼 울고, 떼를 써서, 어른들을 곤란하게 했을 뿐만 아니라 한편으로 치유해줬다.

그 소년의 이름은 아키 토모야.

이것은 그가, 초등학생 2학년 겨울방학 때 그의 소중한 친구인 사와무라 스펜서 에리리 — 의 아버지 — 가 소유한, 나스 고원의 별장에서 맞이한, 이틀날 아침의 일이다.

※ ※ ※

"어머, 토모 군. 뭐하는 거니?"

오전 여덟 시 반. 에리리의 어머니가 부엌에 가보니, 선객이 있었다.

"그, 그게, 에리리의 아침밥을……."

남의 집 가스레인지 앞에서 불 위에 올려둔 주전자를 지그시 쳐다보고 있던 조그마한(토모야) 선객은 장난을 치려다 들킨 아이처럼 — 아니, 그 말에 딱 맞는 표정이지만 — 흠칫한 표정을 짓고 있었다.

"어머, 고맙구나. 하지만 가스레인지는 위험하잖니. 이런 건 이 아줌마…… 누나에게 맡겨주렴."
"하지만, 이제 다 됐으니까……."
"다 됐어? 대체 뭘…… 아."
토모야의 시선이 향하고 있는 테이블 위에는 포장이 뜯어진 컵 야키소바 패키지가 있었다.
그것은 어제 이 별장에 오는 길에 들렀던 산기슭의 슈퍼마켓에서, 「식사는 이 엄마가 만들 거야! 그러니까 인스턴트는 필요 없어!」 하고 몇 번을 말해도 들은 척도 하지 않던 두 아이들이 쇼핑 바구니에 집어넣은 대량의 컵라면 중 하나였다.
"저기, 토모 군. 그 애는 지금 감기에 걸렸으니까, 죽이……."
"하지만 에리리는 어젯밤부터 계속 이게 먹고 싶다고……."
"아~."
동인녀 출신이라고는 해도 외교관 부인의 긍지를 걸고 지금까지 한 번도 딸에게 먹인 적이 없는 정크푸드가, 그 정도로 허기진 딸을 자극했다는 사실에 그녀는 약간 반성했다.
하지만, 컵라면 중에서도 가장 속에 좋지 않을 야키소바를 선택한 센스는 문제가 있다는 생각을 머릿속에서 떨쳐내지 못했다.
그녀가 소년을 설득하지 못한 채 망설이는 사이, 주전자에서 뜨거운 김이 뿜어져 나오며 물이 끓고 있다는 걸 알렸다.
"아, 이 누나가……."

"아니야. 내가 할래."

소년은 주전자를 손으로 쥐더니, 위험해 보이는 손놀림으로 컵라면에 물을 부었다.

이윽고 컵 안에 물이 가득 차자, 갈색을 띤 물이 새하얀 면을 가렸다.

"토모 군…… 혹시, 물 붓기 전에 소스를 먼저 넣었니?"

"……아."

그리고 그 날 이후, 아키 토모야는 두 번 다시 분말 소스 타입의 컵 야키소바를 사지 않았다고 한다.

※ ※ ※

"에리리~, 일어났어~?"

"토모 군……?"

오후 한 시.

희멀건 죽을 먹고, 몸에서 나는 열 때문에 몇 시간가량 침대에 누워 있은 후…….

정신이 든 에리리의 눈앞에는 양손 가득 DVD 패키지를 안아든 토모야가 있었다.

"열은 좀 어때? 움직일 수 있겠어? 물 마실래?"

"이 방에, 들어와도, 돼……?"

"괜찮아! 아저씨와 아주머니한테 허락을 받았어!"

"그, 래……?"

아침, 『감기가 옮을 수도 있으니까』라는 이유로 이 방에서 쫓겨난 토모야는 그 후에도 야키소바 맛 컵라면(잘못 끓인 컵 야키소바)을 먹으며, 자기가 에리리를 간병하겠다고 고집을 부렸다.

에리리의 부모님과 끈질기게 교섭을 했고, 「그래도 남의 집 아이에게 그럴 수는……」 하며 난색을 표하는 그들을 설득하기 위해 본가에 전화를 해서, 어머니에게 「폐가 되지 않는다면야……」 라는 언질을 얻어냈다.

그러자 에리리의 부모님도 모처럼 별장으로 초대한 남자 초등학생을 혼자 방에 두는 게 마음에 걸렸는지, 『두 사람 다 매일 세 번, 약을 챙겨 먹을 것』이라는 조건으로 그가 자신들의 딸을 돌보는 것을 허락해줬다.

"에리리. 뭘 볼래? 이건 방금 아저씨와 함께 매장에 가서 빌려온 신작들이야!"

"애니메이션……!"

……뭐, 아이가 아이를 간병하는 만큼, 『환자를 쉬게 해준다』라는 것은 기대할 수 없지만 말이다.

※ ※ ※

『당신과, 만나서, 행복, 했어요…….』

『기다려……. 기다려줘.』

『잘 있어요…….』

“…….”

“…….”

두 사람이 침대에 나란히 앉아서 감상한 것은, 어느 유명 미소녀게임 원작의 극장판 애니메이션이었다.

유명한 감동을 기용했고 화려한 프로모션을 진행했을 뿐만 아니라 원작이 매우 평판이 좋은 명작이었기에 공개 전부터 크게 화제를 모았던 작품이었다.

그러나 독창적인 감독의 영문 모를 연출 원작과 동떨어진 캐릭터 디자인, 그리고 설명이 부족해 이해가 안 되는 전개 때문에 지금은 팬들 사이에서 존재하지 않았던 흑역사 작품으로 여겨지고 있다.

뭐, 아무튼…….

『사오리?』

『…….』

『어이, 사오리.』

『…….』

『사오리이이이이~!』

“으, 흑…….”

“에, 에리리?”

“우에에에엥…… 우에에에에에~.”

“어, 어~?!”

“싫어어어어~! 죽지 마아아아~! 우에에에에에에엥~!”

“아아아아아아~!”

문제는 설명이 부족해 허술하기 그지없는 전개가 아니라, 원작과 동일한 라스트 신이었다.

그리고 가장 큰 문제는, 감기 때문에 마음이 약해진 환자와 함께 볼 애니메이션으로 마지막에 히로인이 털썩 죽어버리는 작품을 고른, 이 눈치 없는 초등학생들이리라…….

참고로 이 작품의 타이틀은 『Dear Memories(1기 2화 참조)』라고 한다.

※ ※ ※

『에리.』

『……어?』

『에리…… 이쪽이야.』

『아…….』

“……(두근두근)”

“…….”

그리하여, 애니메이션의 선택을 미스했던 걸 만회하기 위해 에리리가 이번에 고른 것은 바로 모 유명 여성향 게임이었다.

그것은 바로 그녀가 요즘 가장 좋아하는 타이틀인 『리틀 러브 랩소디』다.

『오래간만에 나와 마을에 가지 않겠어?』

『하, 하지만, 기사님…….』

『지금은 세르비스라고 불러주십시오…… 전하.』

"……(두근두근)"

"……윽."

그리고 현재, 에리리가 플레이하고 있는 부분은 이 게임 종반부의 클라이맥스 장면이다.

여성 주인공인 왕녀 에리(작명자 : 에리리)가 소꿉친구인 성기사 세르비스와 함께 성 밖에 나가서 불꽃놀이를 본 후, 고백을 받는 중요 이벤트다.

하지만…….

『불꽃이 참 아름다운걸…….』

『응…… 맞아.』

『에리…… 저기 말이야.』

『응?』

『나는 너한테 꼭 해야만 할 말이 있어.』

"와, 와아, 토모 군! 이거 좀 봐!"

"……됐어."

"뭐~?! 왜? 세르비스의 고백 장면이잖아."

"질렸단 말이야!"

"어~?"

에리리가 이 게임에 빠지고 몇 달이 지났지만…….

"에리리는 항상 세르비스 루트잖아! 나, 지어스 왕자가 보고 싶다고 몇 번이나 말했지만, 항상 자기만 플레이해!"

토모야는 에리리의 집에 갈 때마다, 세르비스 공략 플래그가 이미 세워진 3년차 여름의 『중요 세이브 데이터』부터, 선택지 하나 달라지지 않는 플레이를 봐야했던 것이다…….

"하, 하지만, 세르비스가 가장 인기가 많고, 얼굴과 목소리도 내 취향인데다……."

"에리리의 취향 같은 건 내 알 바 아니거든?! 나는 세르비스 루트를 이제 보고 싶지 않아!"

뭐, 그 뿐만 아니라…… 아니, 어쩌면 이게 가장 큰 이유겠지만 자신과 사이가 좋은 여자애가, 게임 속 캐릭터라고 해도…… 아니, 게임 속 캐릭터이기 때문에 특정 남자에게 열을 올리고 있는 모습을 쭉 봐온 사람으로서는 여러모로 생각하는 바가 있는 것이다.

"……흑."

"아……."

하지만 초등학교 저학년 남자애의 그런 미묘한 마음을 초등학교 저학년 여자애가 이해해줄 리가 없었다.

"우, 우엥, 우에엥…… 우에에에엥~."

"아, 아아……."

"우에에에에엥~! 토모 군이, 토모 군이이이이~! 우에에에에엥~!"

"에, 에리리? 저기…… 울지 마~!"

그 후, 딸의 울음소리를 듣고 온 에리리의 부모님이 다툼의 이유를 듣고 훈훈한 표정을 짓는다고 하는, 평소와 다름없는 상황이 펼쳐졌다.

※ ※ ※

……하지만 그런 평소와 다름없는 상황에서는, 평소와 다름없는 일이 뒤따르기 마련이다.

"38.9도……. 에리리, 너무 흥분했던 것 같구나."

"……토모 군, 미안해."

"에, 에리리, 에리리……."

창밖이 완전히 어두워지고 만 오후 여섯 시 경.

저녁 식사인 영양죽을 가지고 온 에리리의 어머니가 딸의 체온을 재보니, 낮보다 1도 가량 높아져 있었다.

뭐, 에리리는 침대 안에서 애니메이션을 보거나 게임을 플레이하며, 환자처럼 행동하기는 했다.

……하지만 남자애와 함께 시끌벅적 떠들면서 그런 만큼, 평소보다 많은 에너지를 소모한 것 같았다.

"밥 먹고 나면 바로 자는 거다?"

"응~, 엄마……."

"그리고 토모 군도 방으로 돌아가렴. 알았지?"

"으, 응……. 잘못했어요……."

"토모 군이 사과할 필요도, 울 이유도 없단다. 그럼 식사를 마치면 불러주렴."

에리리의 어머니는 고개를 숙인 자기 딸과 딸의 남자 친구를 평소와 마찬가지로 히죽거리며 잠시 동안 감상했다. 그리고 둘만의 — 어디까지나 오늘은 — 마지막 시간을 방해하지 않도록, 서둘러 방을 나섰다.

"으, 훌쩍, 흐흑……."

"울지 마, 토모 군."

"하, 하지만……."

방에는 두 사람만이 남았다. 다시 감기기운이 올라온 에리리, 그리고 그런 에리리를 자기가 돌보겠다고 끝까지 우긴 끝에 한 시간만 이곳에 있을 수 있게 된 토모야는 누가 환자인지 헷갈릴 정도로 대조적인 태도를 취하며, 눈앞에 있는 냄비를 쳐다보았다.

"밥, 조금만 줄래?"

"으, 응……."

이윽고 에리리가 열이 나고 있는 몸을 조금 일으키며, 입을 조금만 벌리자…….

공주님의 뜻을 안 토모야는 허둥지둥 냄비에서 죽을 뜨더니, 그녀의 입 쪽으로 가져갔다.

"아, 뜨거워……."

"미안해!"

하지만, 역시 『후우후우』하지 않은 죽은 어린애 입에 너무 뜨거웠고…….

토모야는 『후우후우』를 하는 게 좋을지 잠시 고민하더니, 결과적으로 시간 경과에 따라 식은 죽을 에리리의 입에 넣어줬다.

"미안해, 토모 군."

"미안해, 에리리."

두 사람은 서로에게 사과했지만, 두 사람 다 서로에게 사과를 할 필요는 없었다.

에리리는 열이 나서 쓰러지는 건 자주 있는 일이며, 토모야가 그런 그녀를 지나칠 정도로 걱정하는 것도, 그런데도 두 사람이 함께 왁자지껄 떠드는 것도, 그리고 결과적으로 에리리의 증상이 악화되는 것도 매번 일어나는 일이다.

그러니 두 사람 다 책임은 없으며, 두 사람 다 상대방의 탓이라고 생각하지 않는다.

그저 두 사람 다, 자기 탓이라는 착각에 사로잡혀 있을 뿐이다.

"나, 빨리 나을 테니까…… 다음에는 밖에서 같이 놀자."

"응…… 그러자."

두 사람이 한 이 약속은, 서로에게 의미가 없었다.

정월에도, 히나마츠리[#1] 때도, 시치고산[#2] 때도, 운동회 때도, 소풍 때도, 이뤄진 적이 없는 것이다.

에리리는 마치 짜기라도 한 것처럼 그런 기념일에 아팠고 그 약속을 어기고 말았다.

하지만 토모야는 그런 상황에 처한 에리리의 곁을 지키며 이야기를 나누고, 애니메이션을 같이 보고, 게임을 같이 플레이했다.

그렇게 두 사람은 진심으로 단둘만의 시간을 즐겼던 것이다.

"하지만, 만약 내일이나 모레도 몸이 안 좋다면…… 다음

#1 히나마츠리(雛祭り) 여자 어린이들의 무병장수와 행복을 빌기 위해 해마다 3월 3일에 치르는 일본의 전통 축제.

#2 시치고산(七五三) 일본의 전통 명절. 남자 아이가 3살, 5살, 여자 아이가 3살, 7살 되는 해의 11월 15일에 아이의 무사한 성장을 신사 등에서 감사하고 축하하는 행사.

에 또 오자."

"응."

"내년에도, 내후년에도, 또, 또……."

"꼭 그러는 거야!"

그리고 두 사람의 그 약속은 역시 서로에게 의미가 없었다.

"내년에는 눈을 더 보고 싶어."

"스키 타러 갈까? 스키장이 이 근처에 있잖아."

"응……. 토모 군이 가고 싶으면, 같이 가자."

"……실은 별로야. 춥거든."

"아하하…… 나도 그래."

"마당에서 눈사람이나 만들자. 그리고 오늘처럼 게임이나 하는 거야……."

"또 리틀랩……해도 돼?"

"가능하면 세르비스 말고 다른 캐릭터를 공략해주면 좋겠는데……."

"으, 으음~. 노력해볼게."

"그럼 에리리, 일단 이 죽부터 먹자. 응?"

"알았어……."

"자, 아~."

"……아, 뜨거워."

"미안해!"

에리리의 중요한 날에 토모야가 초대를 받는 건 흔한 일이며 두 사람이, 그런 중요한 날을 둘이서 보는 것 또한 흔한 일이다.

이 점만큼은, 절대 변하지 않을 테니까…….

※ ※ ※

"토모야 군?"
"……."
"토모야 군."
"으, 응? 어?"
토모야가 정신을 차려보니, 규칙적인 노이즈 소리와 기분 좋은 진동이 다시 느껴졌다.
흐릿한 시야에는 빠른 속도로 스쳐지나가는 가로등 불빛의 윤곽이 서서히 확연해지고 있었다.
"고속도로에서 빠져나왔어. 곧 도착할 거야."
"이오리……."
그곳은, 차 안이었다.
후방좌석에서 정신을 차린 토모야에게 조수석에 앉아있던 이오리가 몸을 내밀며 말을 걸었다.
운전석에는 오늘 처음 만난 에나카라는 이오리의 세무사가 아무 말 없이 운전을 하고 있었다.

"이 앞의 슈퍼마켓에서 필요한 걸 산 다음에 별장으로 향할 건데, 그래도 되지?"

"뭐? 아, 응……."

"슈퍼도 우리끼리 다녀올까? 토모야 군은 많이 피곤해 보이는데……."

"아, 아냐. 나도 같이 갈게. 그건 너무 미안할 것 같거든."

이오리가 평소와 다르게 친절한 어조로 한 말에 허둥지둥 대꾸한 토모야는 서서히 정신을 차리기 시작했다.

그렇다. 지금은 불온한 말을 남기고 연락이 끊긴 에리리를 만나러, 나스 고원에 있는 그녀의 별장으로 향하고 있는 중이다.

에리리를 걱정하는 것뿐만 아니라, 게임의 완성과 겨울 코믹마켓 등, 생각해야만 할 것은 산더미처럼 있다.

『하지만, 만약, 내일이나 모레도 몸이 안 좋다면…… 다음에 또 오자.』

"9년이나 걸렸네……."

"뭐가 말이야?"

"아…… 그게…… 뭘까?"

그 약속은 진짜로 나눈 것일까.

아니면 에리리와 결별한 토모야의 꺼림칙한 마음이 자아

낸 망상일까.

그것은 현실에 순응하기 위해 꿈의 내용을 잊고 만 토모야는 알 길이 없었다.

바로 돌아가지 않았던 그녀

"……아~."

그녀가 정신을 차려보니, 눈앞에는 처음 보는…… 아니, 꽤 익숙한 천장이 존재했다.

이곳이 어디인지 확인하기 위해 옆을 바라보니, 자신과 비슷한 또래로 보이는 남자애가 바닥에 깔린 이부자리 위에서 규칙적인 숨소리를 내고 있었다.

그리고 고개를 조금 움직여보자, 그의 머리맡에 놓인 오전 8시 30분을 가리키는 시계가 눈에 들어왔다.

"하아아아암~."

그렇게 자신의 현재 상황을 확인한 그녀…… 카토 메구미는 천천히 몸을 돌려서 침대에 엎드리더니, 후회와 수치심이 뒤섞인 낮은 한숨을 내쉬었다.

어제 학교에서 바로 이곳…… 지금 자신의 옆에서 자고 있는 아키 토모야의 집으로 와서 저녁 식사를 만들고 함께 먹은 후, 게임을 하며 겸사겸사 설교를 한 다음 목욕을 하면서도 설교를 했을 뿐만 아니라 침대에 들어가서도 푸념을 한 기억이 뇌리에 선명히 남아 있었다.

그리고 메구미는 약 10초 동안, 그러니까, 두 달만의 밀회…… 아니, 회의에서 자신이 취한 문제 많은 태도와 언동과 행동에 대해 사과를 할지 변명을 할지, 아니면 적반하장 식으로 화를 낼지 이불 안에서 고민했다.

"……일단 세수부터 하자."

그리고 우선 그 결론을 나중으로 미뤘다.

토모야가 깨지 않도록 조심조심 침대에서 빠져나간 후, 어제 산 여행 세트를 들고 계단을 내려가서 세면장에서 양치질을 하고 얼굴을 씻었다.

그리고 겸사겸사 주전자로 물을 끓여서 커피 두 잔을 타고 2층으로 돌아가려다 『그러고 보니 이런 걸 연인들의 모닝커피라고 하는 것 아닐까?』 하는 괜한 생각을 했다. 잠깐 망설였지만 결국 『뭐, 됐어』 하고 여기면서 약간 식은 커피를 들고 2층에 올라간 그녀는 토모야를 깨웠다.

물론 토모야는 이 커피에 담긴 의미심장한 유래에는 전혀 생각이 미치지 않았으며, 그저 졸음 퇴치용으로 활용하기만 했다.

"아키 군, 이불 정리할 거니까 좀 비켜줘."

"그냥 놔둬. 나중에 내가 치울게."

그 후, 메구미는 창문을 열고 자신이 쓴 — 토모야의 — 이불을 널었다. 그리고 컵을 양손으로 든 채 이부자리 위에 느긋하게 앉아있는 토모야를 쫓아냈다.

그 모습은 아침에 기분 좋게 늦잠을 자고 있는데, 눈치 없이 방에 쳐들어와서 이불을 정리해대서 숙박객을 당황하게 만드는 융통성 없는 온천여관 점원 같았다.

"어젯밤에 신세를 져놓고 그런 짓까지 떠맡기는 건 미안하잖아."

"아니, 지금 바로 이불을 개는 게 더……."

"그건 어쩔 수 없어. 나, 슬슬 돌아가야 한단 말이야."

"어, 아직 아홉 시도 안 됐잖아……."

"그게, 어제 아침부터 만 하루 동안 집에 안 돌아갔는걸. 빨리 가봐야 할 것 같아."

"그것도…… 그렇구나."

토모야는 어제만 해도 텐션이 하늘을 찌르는 것 같던 메구미가 평소의 무덤덤함을 되찾은 것을 보고 일말의 아쉬움을 느끼고 있었다.

하지만 본인이 「내일이 되면, 오늘의 나를 잊어줄 거지……?」 하고 말했기에 어제 일을 거론할 수는 없었고, 결국 어쩔 수 없이 수긍했다.

"그럼 어제는 여러모로 고마웠어, 카토. 다음 주 월요일에…….”

“그러니까 서둘러서 아침을 먹어야 해. 아키 군도 빨리 세수를 하고 와.”

“아, 나는…… 한숨 더 잘까 하는데…….”

“아침을 안 먹는 거야? ……혈당치가 올라갈걸?”

“……걱정해주는 건 고마운데, 그런 아저씨 같은 이유로 걱정해주는 건 좀 싫네.”

카토가 이렇게 짜디짠 반응을 보이고 있지만…….

쓸쓸함을 느낄지도 모르는 작별의 순간까지는 아직 약간의 유예가 남아있는 것 같았다.

※ ※ ※

“받아, 아키 군. 밥은 이 정도면 돼?”

“괜히 새로 아침을 준비할 필요는 없지 않아? 어제 먹은 카레도 남아 있잖아.”

“하지만 아침부터 카레를 먹으면 속이 더부룩할 거야.”

“……저기, 카토는 내 내장 연령이 몇 살이라고 생각하는 거야?”

“아무튼, 카레는 저녁에 먹으면 되잖아. 부모님은 오늘도 돌아오시지 않는다고 했지?”

오전 아홉 시 경. 거실 테이블 위에는 밥과 된장국, 달걀 말이와 비엔나와 샐러드 등 대표적인 아침 메뉴가 놓여 있으며, 일상적인 일본의 아침 식사 풍경을 자아내고 있었다.

……식탁에 둘러앉아있는 두 사람이 한방에서 함께 밤을 보낸 고등학생 남녀라는 점을 제외하면 말이다.

"카토는 평소에도 요리를 해?"

"휴일 점심때나 해……. 그것도 때때로 집에 있을 때, 내가 먹을 거나 만드는 정도야."

"……이럴 때, 「나, 실은 언젠가 너한테 요리를 만들어주고 싶어서, 몰래 연습했어……」 같은 말을 할 수 있다면, 메인 히로인에 더 다가섰을 텐데 말이야."

"동거라도 할 커플이라면 요리 실력이 중요할지도 모르지만, 고등학생의 교제에 꼭 필요한 스킬은 아니라는 생각이 드네. 아키 군은 어떻게 생각해?"

"미소녀게임 유저는 고풍스럽다고! 그 정도는 이해해달란 말이야!"

"그런 사람들도 삐뚤어진 생각은 내던져버리고, 좀 더 현실적인 타협점을 찾는 편이 좋을 것 같은데 말이야."

"카토, 잘 들어. 너는 메인 히로인이 될 거야. 즉, 미소녀게임 유저가 동경하는 그런 완벽한 인간을 목표로 삼아야만 한다고……."

"그럼 하다못해, 그런 메인 히로인에게 어울리는 완벽한 주인공을 준비해줬으면 좋겠네. 매일 소꿉친구가 깨워줄 때까지 계속 자는 생활습관이라든가, 상류층 아가씨를 데리고 프랜차이즈 덮밥집에 가는 그 눈치 없는 면 그리고 그런 게 거꾸로 좋다고 생각하는 사고방식은 문제 있다고 생각하는데 말이야."

"그만해, 그만해, 그만해! 2차원 주인공이 그런 걸 요구하기 시작했다간, 우리는 현실에서 대체 뭘 기대하며 살아야 되는 거냐고!"

"아~, 이건 어디까지나 게임 이야기야. 현실의 남자애에게 그런 걸 요구할 생각 없어. 나도 현실적인 타협점 정도는 알고 있거든."

"이제 됐어! 그런 의견은 필요 없으니까, 빨리 식사나 해!"

하지만 하룻밤을 함께 보낸 이 두 고등학생 남녀는 묘하게 가깝고 감정적이던 어젯밤보다 왠지 멀어진 것처럼 보였다.

……뭐, 그것이야말로 그녀가 노리던 바이자, 어젯밤의 그 넘쳐 나왔던 감정을 원래대로 되돌리기 위한 재활훈련이나 다름없지만 말이다.

※ ※ ※

오전 열 시 직전. 아침식사와 설거지를 마치고 그 외에도 이런저런 잡일을 처리한 메구미는 2층으로 올라가더니, 「옷 좀 갈아입을게」 하고 말하면서 토모야의 방을 잠시 점거했다.

그리고 거실에서 텔레비전을 보며 시간을 보내던 토모야의 앞에 다시 나타났을 때는, 이 집에 왔을 때와 마찬가지로 교복을 입고 있었다.

"그럼, 아키 군……."

"아, 응……. 그럼 월요일에 학교에서……."

"아키 군이 입고 있는 것도 빨 거니까, 빨리 벗어주지 않을래?"

"……뭐?"

메구미는 교복으로 갈아입기는 했다. 하지만…….

하지만 그녀가 들고 있는 건, 가방이 아니라 세탁물 바구니였다.

"내가 어제 빌렸던 운동복을 지금 빨 건데, 그것만 빠는 건 물 낭비잖아."

"아니, 그렇게까지 하지 않아도 되는데……."

"아, 내가 하고 싶어서 하는 거니까 개의치 마. 그리고 내가 입었던 옷을 아키 군이 빠는 것도 좀 싫거든."

"세탁은 부모님이 하시거든?!"

"그것도 좀 그래. 몇 번이나 신세를 졌으니까, 이럴 때라도 아키 군의 부모님에게 폐를 끼치고 싶지 않네."

"다른 걸 빨면서 겸사겸사 빠는 거야! 폐가 안 된다고!"

"그럼 지금 다른 세탁물과 함께 파는 것도 문제될 건 없지?"

"여러모로 문제가 많거든?!"

"아~, 이런 걸로 티격태격하다 보면 귀가 시간이 늦어질 것 같거든? 그러니까 빨리 내놔."

"아, 아니…… 저기 말이야? 잠옷 차림으로 데굴거리는 게 내 휴일의 즐거움 중 하나거든?"

이 순간, 토모야는「그럼 세탁을 하지 말고 돌아가면 되겠네」하고 말해도 됐을 것이다.

"벌써 열 시잖아? 이제 그만 정신 좀 차려, 아키 군."

"너는 생활태도도 똑 부러지는구나……."

하지만 파국을 부를 게 뻔한 발언을 피한 토모야는 계속 투덜대면서도 옷을 갈아입기 위해 2층으로 올라갔다.

그렇게,『둘만의 아침』은 한동안 계속되게 되었다.

※ ※ ※

그리고 오전 열 시 반 경.

"참, 아키 군. 미안한데, 잠시만 이 방에서 나가주지 않겠어?"

"청소는 안 해도 되거든?!"

그리고 세탁을 시작한 메구미에게 방해가 되지 않도록 토모야가 방에서 얌전히 게임이나 하고 있을 때, 이번에는 청소기를 든 그녀가 방에 나타났다.

"하지만 거실과 부엌은 청소를 했고, 아키 군의 부모님의 방에 내가 함부로 들어가는 건 실례일 것 같거든. 그러니까

이제 청소할 곳은 이 방뿐이야."

"그냥 안 해도 돼! 우리 부모님을 그렇게 신경써줄 필요는 없거든? 제발 부탁이니까 나한테 신경 좀 써달라고!"

"하지만 부모님에게 허락도 받지 않고 이 집에 묵은 게 좀 그래서……."

"나중에 내가 잘 말해둘 테니까 신경 쓰지 마!"

"그래도 왠지 괜한 오해를 살 것 같거든. 그러니까 내가 이 집에서 자고 간 흔적만이라도 지울래."

"집안 곳곳이 깨끗하게 치워져 있으면 더 오해를 살 거라고! 이제 됐으니까 나와 같이 게임이나 하자!"

토모야는 플레이 중인 플●이스테●션을 끄더니, 선반에서 『마리●카●』를 꺼냈다.

"……."

"……."

그리고 오전 열한 시 경.

토모야가 원하던 대로……라고 말해도 될지는 모르겠지만, 아무튼 메구미는 노도와도 같은 집안일 공세를 마쳤다. 그리고 토모야의 옆에서 컨트롤러를 쥐더니, 초심자답게 몸을 좌우로 흔들면서 코너를 돌고 있었다.

"그래도 좀 의외야."

"뭐가 말이야?"

“아키 군은 닌●도 게임도 하는 구나. 나는 소● 신자일 줄 알았어.”

게임 하드
“그런 논의는 금방 다툼으로 발전하니까, 하지 마.”

“그리고 미소녀게임만 하는 줄 알았는데, 이런 게임도 가지고 있구나.”

“뭐, 미소녀게임을 가장 좋아하기는 해도, 다른 장르를 싫어하지는 않거든. 특히 이런 접대용 게임은 대부분 확보해둬.”

“가능하면 내가 처음 왔을 때도 이런 게임으로 접대해줬으면 좋았을 거야…….”

“…….”

“…….”

그리고 오전 열한 시 반 경.

“……저기, 카토.”

“왜? 아키 군.”

“너, 게임에 꽤 소질이 있네.”

“그래? 남들도 다 이 정도는 할 것 같은데 말이야.”

“아냐, 잘하는 거야. 어느새 미스도 안 하게 됐고, 무리도 안 하는데다, 냉정하게 전황을 파악하고 있잖아.”

“그래?”

토모야가 지적한 대로, 플레이 횟수가 열 번이 넘었을 즈음부터는 메구미와 토모야의 승률이 거의 50대50이 되었다.

"그리고 방해 아이템을 정말 절묘하게 써."
"으음~, 그렇지는 않을 것 같은데."
그리고 처음에 토모야가 5연승을 했으니, 최근의 전적만 따로 보면…….
"내 말이 맞아. 일정거리를 유지하면서 나를 추격하다가, 마지막 순간에 딱 역전하잖아."
"나는 그냥 달리고 있을 뿐이야."
"그렇지 않아. 너는 남을 파멸시키는 게 능숙해."
"……."
"역시 카토야. 무덤덤한 척 하지만, 실은 음험 캐릭…… 아앗?!"
……그 말을 끝까지 이으려던 순간, 골 앞에 있던 토모야의 머신이 그대로 스핀했다.

"한 판만 더! 한 판만 더 해!"
"어~, 더 하자는 거야?"
그리고 시간이 흘러, 두 사람의 대전 횟수는 서른 번을 가볍게 넘겼다.
"그래. 이대로 관뒀다간 나는 패배를 인정하는 거나 다름없다고!"
"으음, 아직 인정 안 했구나……."
그리고 전적은 토모야의 5승…….

"딱 한 번만 이기면 관둘게……. 아, 그래도 봐주거나 하면 화낼 거야. 일부러 져주는 건 노카운트! 진검승부를 하자고!"

"으음, 역시 아키 군은 미소녀게임이나 남한테 시키며 옆에서 해설이나 하고 있을 때가 무해하다는 걸 알았어……."

"꽤나 심한 말을 듣고 있다는 건 알아……. 하지만! 그래도!! 사나이에게는 질 거라는 걸 알면서도 싸워야 할 때가 있단 말이야!"

"지금은 그럴 때가 아니라는 건 분명할 것 같네."

"그래도…… 부탁할게, 카토. 나와, 한 번만 더, 승부해줘!"

"아, 아키 군?"

"내가, 사나이가 되기 위해…… 함께, 플레이해줘!"

토모야가 불합리하고, 제멋대로이며, 또한 한심하기 그지없는 애원을 하자, 메구미는…….

"하지만 이제 점심때가 다 되었으니까, 슬슬……."

"……아."

이 방의 구석에 있는 시계를 가리켰다.

그 시계의 문자판을 보니 어느새 정오가 지났으며, AM은 PM으로 변해 있었다…….

"그래……."

이제 『슬슬 돌아가 봐야 해』의 최종 리미트도 미묘하게 지난 것이다.

그러니, 메구미는…….

"슬슬 점심을 먹으면서 좀 쉬지 않을래? 아마 아키 군은 배가 고파서 집중력이 떨어진 걸 거야."

"……뭐?"

아니, 하지만, 메구미는 일부러 그러는 건지, 아니면 무의식적으로 그러는 건지는 알 수 없지만, 그 점에 대해서는 전혀 언급하지 않았다.

※ ※ ※

"뭐? 카토, 너는 설마…… 당일 카레 파인 거야?"

"그야 카레는 시간이 지나면 스파이스의 풍미가 사라지잖아."

그리고 어느새 오후가 되었다.

"뭘 모르네! 카토, 너는 진짜 아무 것도 몰라!"

"아키 군의 주장을 이해 못하는 건 아니지만, 솔직히 말해 그건 취향 문제라고 생각해."

하지만 역시 메구미의 『슬슬』은 아직 찾아오지 않았으며, 두 사람은 어제부터 세면 세 번째인 단둘만의 식사 시간을 가졌다.

"잘 들어. 당일 카레가 아무리 레시피에 정확하게 따르면서 본고장의 맛을 충실하게 재현했더라도, 하루 종일 방치해둬서 스파이스의 풍미와 채소의 원형이 희생되는 대신에 감칠맛을 얻은 이튿날 카레가 제5의 미각을 개척한 일본인의 입에 맞는다는 건 엄연한 사실이야!"

"아~ 그렇구나. 오늘밤에 먹을 카레가 참 기대되겠네~."

이렇게 열띤 카레 논의를 하고 있기는 하지만, 현재 두 사람이 먹고 있는 건 어제 먹고 남은 카레……가 아니라, 냉장고 안에 남아있던 재료로 메구미가 만든 나폴리탄 스파게티다.

"……."

"……."

그리고 드디어 오후 세 시가 지나면서…….

"똑똑히 봐둬, 카토…… 이게 바로 『망작 러브코미디 애니메이션』의 베스트 샘플이야!"

"으음~. 나, 이런 망작을 1화부터 쭉 본 거야?"

토모야가 『식후에 바로 — 손가락 — 운동을 하면 소화에 좋지 않다』는 논리에 따라 시작된 애니메이션 감상회는, 이미 5화에 접어들면서 주요 캐릭터가 전부 등장했다.

"그래! 망작이야! 이 작품은 진짜 완벽한 망작이지. 쓴 소리 한 번 들었다고 홀랑 반해버린 상류층 아가씨 히로인, 아무런 속박 없이 어릴 적부터 사이좋게 지낸 소꿉친구 히로인, 그저 색기 요원에 지나지 않은 선배 히로인……. 전혀 머리를 쓰지 않고, 그저 정석적인 설정에 따르기만 하는 히로인 그 자체야!"

"아니, 이 애니메이션이 망작인 구체적인 이유를 물어보는 게 아니라……."

"이래서야 차라리 『등장 캐릭터의 언동에 광기가 어린 것 같고, 감독과 각본가가 무슨 생각인지 알 수 없는 애니』를 나는 더 높이 평가해! 구체적인 타이틀은 언급하지 않겠지만 말이야!"

"그러니까 그런 이야기가 아니라…… 망작인 작품을 계속 보는 건 시간 낭비 아닐까? 그냥 중간에 관두고 시간을 좀 더 유익하게 쓰는 편이……."

"아냐, 카토……. 너는 중요한 점을 망각했어."

"그래?"

"응. 망작 애니메이션 감상은 시간 낭비가 아냐……. 이렇게 불만을 느끼면서 『자기는 이런 실패를 하지 않겠다』는 식으로, 크리에이터의 마음에 반면교사 삼아서 새겨둘 수 있거든."

"좋은 애니메이션을 보면서 장점을 흡수하는 게 더 효과적일 것 같은데……."

"게다가! 어쩌면 후반부에 펼쳐지는 뜻밖의 전개를 통해 뜻밖의 명작으로 탈바꿈할 가능성도 있잖아. 그때 그 작품의 진정한 팬을 자처할 수 있는 건, 처음부터 포기하지 않고 이 작품을 시청해온 선택된 인간뿐이야!"

"탈바꿈…… 아하~, 느닷없이 히로인이 확 죽어버리거나 하는 거지?"

"……카토. 너 이쪽에 좀 앉아봐."

그리고 중간 휴식용 서비스 편인 6화에 돌입하고도, 토모야의 설교…… 아니, 실황은 끝도 없이 계속되었다.

"끝났네……."

"응……."

"결국, 끝까지, 전혀, 눈곱만큼도, 탈바꿈하지 않았어……."

"비난할 가치도 없을 정도로 재미가 없었어……. 뭐, 나는 이게 2회차라서 알고 있었지만 말이야."

"……미안한데, 진심으로 「너무하네」 하고 말해도 돼?"

그리고 1쿨을 끝까지 다 봤을 즈음에는 해가 기울더니, 방 안은 어둑어둑한 석양빛에 완전히 뒤덮였다.

아니, 그렇게 보인 것은 『휴일 오후를 너무 허무하게 보내고 말았다』라는 두 사람의 탁한 심정이 약간은 섞여있기 때문일지도 모른다.

※ ※ ※

"그럼 가볼게."

"응……."

그리고 오후 여섯 시, 석양이 땅거미로 변할 즈음, 「미안한데, 진짜로 가봐야겠어」 하고 말한 메구미가 무거운 엉덩

이를 들면서 현관으로 향했다.

참고로, 망작 애니메이션을 보고 느낀 허탈감 때문인지 아니면 다른 이유 때문인지, 두 사람은 방이 어둠에 뒤덮이는 한 시간 가량을 불도 켜지 않은 채 멍하니 보냈다.

"월요일에 봐."

"다음 주부터는 나를 무시하지 마."

"아~, 그런 일도 있었지……. 먼 옛날 일처럼 느껴지네."

"너……."

진짜라, 먼 옛날일 같았다.

두 사람은 두 달 동안 거의 이야기를 나누지 않았고, 진심을 전하지도 않았으며, 이대로 말 한 마디 나누지 않으며 졸업해버릴 것만 같던 그 분위기를, 메구미는 이제 떠올릴 수 없었다.

……왜냐하면, 두 번 다시, 떠올리고 싶지 않았던 것이다.

"그럼, 아키 군……. 카레 데워서 먹어."

왠지 현관문을 여는 손이 무겁게 느껴졌다.

밖의 추위가 어둠이, 자신을 집안으로 밀어 넣으려 했다.

하지만 메구미는 마지막 힘을 쥐어짜내며 하루 종일 묵었던, 자신이 있어야 할 곳이라 착각할 것 같은 이 집을, 나서려…….

"저기, 카토……."

"응~?"

"이튿날 카레…… 먹고 가지 않을래?"

"아……."

토모야가 그렇게 말하자, 시선이 흔들리기 시작한 메구미가 그대로 걸음을 멈췄다.

"푹 끓여서 감칠맛이 더해졌을 테니까, 어제 먹었을 때보다 분명 맛있을 거야……."

그리고 토모야의 그 말에 메구미는 마음이 흔들렸지만, 그래도 뒤돌아섰다.

"그래도 나는 만들자마자 먹는 카레가 더 맛있을 거라고 생각해."

"그럼…… 같이 확인해보지 않을래?"

"……뭐 아키 군의 잘못된 미각을 교정해줄 필요는 있을 것 같네."

그리고…… 신는 데 3분이나 걸렸던 신발을, 1초도 채 거리지 않아 벗어던졌다.

"좋아~, 다 됐어! 내가 정성 들여 끓인 이튿날 카레가 완성됐다고!"

"내가 만든 카레를 데우기만 했으면서, 거들먹거리지 말아줄래?"

카토 가족의 주말

“다녀왔습니다~.”

“어서와~.”

“……어?”

자기 입으로 귀가 인사를 했으면서, 그 말에 답하는 이가 있다는 사실을 의아하게 여긴 것은 지금 시각이 토요일 밤 열한 시이기 때문이다.

카토 메구미는 평소 이렇게 늦은 시간에 가족이 거실에 있을 리가 없다는 사실을 알고 있다. 그래서 방금 그 말은 특정인물을 향해 한 말이 아니라 그저『꽤 일찍 돌아왔어~』라는 알리바이를 만들려고 한 말에 지나지 않았다.

하지만 2월 하순 토요일, 두 달 만에 반 친구이자 서클 동료이며 그 외에도 이런저런 관계라고 말할 수도 있을지도 모른다고 여겨지는 친구인 아키 토모야와 두 달 만에 화해하고, 겸사겸사 24시간 그의 집에서 단둘이서 아무 것도 하지 않으며 보내고 ― 여러 의미에서 ― 왔기 때문에, 자신이 가족상대로 평소처럼 행동할 수 있을지 미묘하게 알 수 없는 그 날 하필이면 거실 안쪽에서 귀에 익은, 그렇지만 꽤 오래간만에 듣는 목소리가 들리자 메구미는 딱딱하게 굳은 몸을 억지로 움직이면서 복도를 나아갔다.

"……히로미 언니?"

"메구미, 귀가가 너무 늦은 것 아니니~?"

거실 소파에서 마치 자기 집에 있는 것처럼 편안히 쉬고 있는『그 사람』과 마주쳤다.

"……으음, 무슨 일로 온 거야? 정월에 왔었잖아?"

"어머~, 언니한테 너무 매몰찬 거 아냐? 모처럼 자매가 사이좋게 지낼까 해서 일부러 온 건데 말이야~."

그렇다. 그녀는 메구미의 여섯 살 터울 언니인 카토 히로미였다.

"실은 말이야~. 우리 남편이 오늘 아침부터 중국 출장을 갔거든. 그래서 심심해서 돌아온 거야~."

……그것은 옛날 성이며, 작년 6월에 결혼한 후에 이 집을 떠났던 언니, 요시나가 히로미다.

"흐으으으음~, 그렇구나. 그런데 형부는 언제 돌아오는 거야? 오늘 밤?"

"당일 출장이면 나도 하마마츠에서 친정까지 오지는 않았을 거야."

"그렇구나. 쓸쓸하겠네. 확 같이 가면 좋았을 텐데 말이야. 지금이라도 형부를 쫓아가는 게 어때?"

"……왜 아까부터 그렇게 매몰찬 거니? 혹시 내가 반갑지 않은 거야?"

"에이, 그럴 리가 없잖아~."

메구미는 거의 한 달 보름 만에 언니와 감격적으로 재회했지만 겉치레를 늘어놓으면서 언니와 거리를 두려 했다.

왜냐하면 그녀는 『지금의』 메구미에게 있어서는 부모님보다 더 성가신 『가족』인 것이다.

"뭐, 좋아. 맞다. 오래간만에 내가 밥해줄까? 메구미, 배고프지?"

"아~, 먹고 왔어."

"흐음~, 그렇구나. 뭐 먹었니?"

"카레야."

"어디서?"

"……그게 언니에게 꼭 알려줘야만 하는 정보일까?"

"……그렇다고 절대 말 못한다고 고집을 부릴 만한 정보일까?"

"……."

그렇다. 그녀는 다른 가족들만큼 메구미를 신용하고 있지 않았다.

"그리고 메구미는 왜 교복을 입고 있는 거야? 오늘은 토요일이잖아?"

"아니, 그러니까…… 엄마한테 전부 말해뒀어."

"아하, 그렇구나. 엄마한테는 자기가 어디서 누구와 함께 뭘 하는지 전부 보고하는 거지? 알았어. 그럼 내일 아침에 엄마한테 물어볼게~."

"……어제부터 친구 집에서 서클 활동에 관해 상의했어. 교복을 입고 있는 건 방과 후에 바로 갔기 때문이야……."

메구미는 필요 이상으로 자주 부모님에게 연락을 해서 자신의 현재 위치와 안전을 어필함으로서 『메구미는 어디에 가더라도 괜찮다』는 식으로 세뇌…… 아니, 신뢰하게 만들었다. 그러니 언니인 히로미가 부모님만큼 자신을 신용하지 않는 것도 어찌 보면 당연할지도 모른다.

"친구 집에 묵었구나? 옷은 어떻게 한 거야?"

"……친구한테 빌렸어."

"뭐야~. 그 친구는 여자애구나. 재미없네~."

"당연하잖아. 언니는 자기 동생은 어떤 애라고 생각하는 건데~?"

"그 친구는 이름이 어떻게 돼?"

"에리리야. 우리 서클의 일러스트 담당이기도 해."

"그럼 속옷도 그 에리리라는 애한테 빌렸어?"

"아니, 그 애 집에 가는 길에 샀어."

"흐으으으으음~."

"……언니, 캐묻지 좀 말아줄래? 왠지 의심 받는 것 같아서 싫거든?"

하지만 메구미가 언니를 미묘하게 무서워하는 이유는 바로, 그녀가 메구미의 반면교사이자 위대한 선구자이기도 하기 때문이다.

"아, 그 『같아서』는 생략해도 돼~."

"……윽."

이 집에서 함께 살던 시절의 언니가 『친구 집에서 수험공부』, 『친구 집에서 졸업논문』, 『친구 집에서 여자 모임』 같은 이유를 대면서 빈번히 밤늦게 귀가하거나 외박을 할 때, 실은 그녀와 쭉 함께 있었던 상대의 정체를 메구미만은 알고 있는 것이다.

……그 사람이 바로 메구미의 현재 형부다.

"으음~, 메구미는 아직 멀었네. 거짓말에 익숙하지 않은 느낌이 풀풀 나."

"아~, 그렇구나. 언니는 동생이 솔직해서 참 좋겠네."

"뭐, 어쩔 수 없을 거야. 『수많은 진실 안에 약간의 거짓말을 숨겨두면 잘 탄로 나지 않는다』는 것을 너한테 가르쳐준 사람은 다름 아닌……."

"언니의 경우에는 『수많은 거짓말 안에 약간의 진실』이지만 말이야."

"『카레』도, 『친구 집』도, 『서클 활동에 관해 상의』도, 『옷을 빌렸다』도, 『속옷은 샀다』도, 진실이지? 의심스러운 건 『에리리라는 애』 정도네."

"……."

그 순간, 메구미는 자신이 교묘한 유도신문에 이미 걸려들었다는 사실을 깨달았다.

언니의 이 끈질긴 추궁은 전부 이 『할 필요 없는 거짓말』을 하게 만들기 위한 유도였다는 것을 말이다.

※ ※ ※

"그러니까~, 실은 남친 집에서 묵었다는 거야?"

거실에서 도주…… 아니, 방으로 돌아가기 위해 계단을 올라가던 메구미의 뒤편에서, 그녀를 몰아붙이는 목소리가 들려왔다.

"남친이 뭐야? 언제, 어디서, 어떤 이유로, 어떻게 내가 만들었다는 건데? 애초에 대체 누구를 말하는 거야?"

"이름은 모르지만 그때 그 애 아냐?"

"그때가 언제야? 몇 월, 며칠, 몇 시, 몇 분, 무슨 요일?"

1기 #3 참조

"그러니까, 작년 5월 초. 너, 그 남친을 위해서 홋카이도 여행을 도중에 관두고 돌아갔잖아."

"……그냥 말 돌리려고 한 건데, 그렇게 꼭 집어서 반박 안 해도 되잖아."

"내가 결혼을 하게 되어서, 마지막으로 가족 전원이 함께 여행을 한 건데…… 네가 먼저 돌아간 바람에 아빠가 엄청 낙심했어.”

“그 일에 대해서는 아빠한테 몇 번이나 사과를…… 아, 옷 갈아입을 거니까 들어오지 마.”

“자매끼리 뭘 부끄러워하고 그래?”

메구미는 방에서 쫓아내…… 아니, 옷을 갈아입기 위해 문을 닫으려했지만, 태연히 안으로 들어온 언니는 침대에 털썩 걸터앉았다.

“맞아, 케이한테서도 들은[1기 #4 참조] 적이 있어. 같이 쇼핑몰에 가기로 했는데, 패밀리 레스토랑에서 남친과 마주친 후에 바로 차였다던걸?”

“……케이 오빠는 입이 너무 가벼운 것 같아.”

“그때 그 애와 여행 때의 상대는 동일인물 맞지? 케이 말로는 호들갑스럽고 재미있는 애 같았다던데…….”

“하아, 정말. 언니, 시끄러우니까 입 좀 다물어줄래?”

교복을 벗어던지면서 자제심도 같이 벗어던져버린 메구미가 언니를 향해 짜증 어린 어조로 그렇게 말했다.

하지만 여동생이 보인 그 『먹히고 있는 듯한』 반응은 언니의 가학적인 심리…… 아니, 탐구심을 자극하기에 충분했다.

“남친을 위해서 가족여행을 도중에 때려치우더니 사촌과의 약속도 깨버린 거구나……. 메구미는 남자가 생기자마자 나쁜 애가 되어버렸네~.”

“그러니까 그건 명백한 오해거든? 성심성의를 다해 풀어야만 할 오해니까, 내가 차근차근 설명해줄게.”

그리고 여동생은 이 어른스럽지 못한 도발을 무덤덤하게 무시하고 넘어갈 수 있을 만큼 어른스럽지 못했고, 결국 옷을 갈아입는 것도 관두며 반격에 나섰다.

“그때 내가 돌아갔던 것도 약속을 깬 것도, 남친이 아니라 서클을 위해서였어.”

“아~, 그러고 보니 너는 게임 서클에 들어갔다고 했지? 오타쿠인 남친의 꼬드김에 넘어가서 말이야.”

“그러니까, 언니가 생각하는 것과는 명백하게 다른 상황이란 말이야.”

「남친이라는 것(오타쿠라는 건) 말고는 사실이지만……」 하고 말했다간 또 이야기가 원치 않는 방향으로 진행될 것 같았기에, 메구미는 또 변명…… 주장을 펼쳤다.

“그때 가족여행 도중에 돌아갔던 건 서클 설립의 중요한 시기였기 때문이고, 친구와 쇼핑몰에 가게 된 것도 게임 소재를 찾기 위해서였어.”

“즉, 그때 돌아갔던 것도, 약속을 깬 것도, 그 남자애와 같이 있고 싶기 때문은 아니라는 거네?”

“맞아. 그러니까 그 애는 내 남친이 아니…….”

“그리고 어제 그 남자애 집에 묵었다는 건 인정하는 거구나?”

“……내가 하고 싶은 말의 본질이 그게 아니라는 건, 대체 몇 번을 말해야 알아먹을 건데?"

하지만, 아무리 이야기의 궤도를 자신이 원하는 방향으로 유도하려 해도…….

십수 년을 함께 지냈던 자매만이 발굴할 수 있는, 약점이자 본질이 존재했다.

※ ※ ※

"그러니까, 내가 누구 집에 묵은 건지는 딱히 중요하지 않아."

"아~ 그래. 맞아. 그게 남친 집이든 동급생 집이든 간에, 남자애 방에서 교복 차림으로 하룻밤을 보냈다는 사실은 사라지지 않지~."

그리고 이번에는 욕실로 도망…… 아니, 목욕을 하기 위해 욕실에 들어간 메구미는, 욕실 문 너머의 탈의실에서 들려오는 언니의 추궁을 듣고 있었다.

"그 집은 우리 서클의 활동거점이야. 다 같이 밤새도록 집단작업을 하는 일도 자주 있거든? 나 말고 다른 여자애도 몇 명이나……."

"그럼 어제는 다른 애가 한 명이라도 있었어?"

"……."

"저기, 메구미. 인터넷 용어 중에 「불탄다」는 말이 있지? 수습이 불가능할 정도로 비난이나 악플이 쇄도하는 상태

말이야. 그런 것도 처음에 사태를 수습하려도 대충 얼버무리다 일이 커진 바람에 그렇게 되는 거야."

"이건 딱히 커질 만한 일이 아니거든? 애초에 그런 일은 하지도 않았어."

"그럼 처음부터 「남자 집에서 자고 왔지만 아무 일도 없었다」 하고 당당하게 말했다면, 나도 「아, 그래?」 하고 말하며 넘어갔을 거야. 이렇게 꼬치꼬치 캐묻지도 않았을걸?"

"거짓말. 완전 거짓말. 엄청 재미있어하면서 캐물었을 거면서……."

메구미는 탈의실에서 들려오는 불쾌한 잡음을 지우려는 듯이, 첨벙첨벙 소리가 날 정도로 욕조 안의 물을 때렸다.

"그리고 메구미? 예전의 너라면 우선 솔직하게 대답을 한 다음, 내가 캐물으면 귀찮아하면서도 대답해줬던 걸로 기억하는데 말이야~."

하지만 이 정도로 상대방이 공세를 멈추거나 봐주지 않을 거라는 건, 17년 전부터 알고 있다.

"그리고 홋카이도에 갔을 때만 해도 메구미는 그냥 이야기를 해줬잖아……. 서클 회의가 있다는 것도, 그 서클의 대표가 남자애라는 것도 말이야."

"그, 그건…… 그런 건, 감출 필요가 없으니까……."

"……즉, 지금은 감출 필요가 있다는 말 아니니?"

"……."

"어제 외박은 지금까지의 서클 합숙과 전혀 달랐으니까…… 그래서 지금까지는 느끼지 못했던 꺼림칙함을, 드디어 느낀 것 아닐까?"

"윽……."

"그리고 그건 이 1년 동안, 평범한 친구에서 소중한 남자애로 승격……."

"이제 느긋하게 물에 몸 좀 담그고 싶으니까, 좀 나가주면 안 돼~?"

어젯밤, 느긋하게 물에 몸을 담그는 것을 거부하며 욕실에서 익스트림 설교를 했던 메구미는 얼굴을 물에 넣은 채 푸념을 늘어놓았다.

"방금 얼버무리려고 했지? 거짓말이 안 통한다는 걸 알고, 이야기를 다른 방향으로 돌리려고 한 거지?"

하지만 메구미는 그런 어중간한 도주로 나이뿐만 아니라 내공도 몇 수는 위인 이 연상 여성에게서 벗어날 자신이 없었다.

그리고 그녀가 잠재적으로 지닌 연상 여성(카스미가오카 우타하)에 대한 기피 의식은 이 가정환경에서 기인한 것이라는 설도 존재한다.

"이야~, 이렇게 되면 자세한 이야기를 꼭 들어봐야겠네. 메구미, 오늘밤에는 안 재울 거야."

언니의 혀와 추궁이 점점 더 날카로워지고 있었다.

문 너머에서는 의혹을 넘어 기대에 찬 눈길이 욕실 쪽을 향해 번들번들…… 아니, 반짝반짝 빛나고 있을 것이다.

메구미의 경험에 따르면 이런 상황에서 언니를 다물게 만들기 위해서는 전부 털어놓거나 아니면 눈물로 얼버무릴 수밖에 없었다.

하지만 전자는 절대 용인할 수 있는 행위가 아니며, 후자 또한 용인할 수 있을 리가 없다.

무엇보다 자신이 어제까지 몇 번이나 눈물을…….

"……언니가 대체 뭘 안다는 거야?"

"모르니까, 이렇게 듣고 싶어 하는……."

"모르지? 내가 어제 아니, 요즘 들어 어떤 심정으로 하루하루를 보냈는지 전혀 알지 못하지?"

"……메구미?"

무심코 어제까지 지금까지 자신이 운 횟수를 세어 봤던 메구미는…….

"연말에 겨울 코믹마켓 때 이런저런 일이 있어서, 이런저런 소리를 하다 보니…… 화가 치솟고 말았어. 아키 군은 전혀 눈치채지 못했고, 엄밀히 따지면 나쁜 짓을 한 것도 아냐. 하지만 어쩔 수 없잖아. 진짜로 화가 치솟았는걸. 절대 용서 못한다고, 생각해버렸단 말이야."

이 몇 달 동안 자신이 품고 있었던 응어리가 다시 되살아나고 말았다.

“말을 하고, 바로 후회했어…… 하지만 이러지도 저러지도 못하는 상황이었거든? 일방적으로 상대방이 나쁘다고 말하는 것도 옳지는 않다고 생각하긴 했어. 그렇다고 내가 사과하는 것도 이상하고, 왜 화가 치솟은 건지도 잘 모르겠더라니깐? ……그래서, 이대로 멀어질 거라고 생각했어. 그 즐거웠던 나날은 돌아오지 않을 거라고 생각했어. 그러니, 슬프지 뭐야. 너무, 너무 슬펐어……!”

“으, 으음~, 그러니까 정월에 메구미가 왠지 어두워보였던 건…….”

“두 달이야, 두 달. 그 동안 한 마디도 이야기를 나누지 않았어. 그것도, 내가 일부러 피했단 말이야!”

“저, 저기, 그렇게까지 한 걸 보면, 혹시 진심으로……”

“그러니까, 그러니까…… 어제는 특별한 날이었어. 집에 돌아가고 싶지 않았어. 평소와 다름없었고 딱히 무슨 일이 있었던 것도 아냐. 하지만, 아무 일도 없어도 충분했어. 느긋하게 이야기를 나누고, 화내고, 사과 받고…… 그것만으로도, 최고의 하루였어…… 화를 낼 수 있어서 기쁘고, 그래서 사과를 받을 때마다 화가 치솟지 뭐야. 점점 화를 내다보니 점점 기뻐졌고…….”

“어? 어, 어~?”

메구미의 경험에 따르면, 이런 상황에서 언니를 다물게 만들기 위해서는 전부 털어놓거나 아니면 눈물로 얼버무릴 수밖에 없었다.

하지만 그것보다 더 강력한 수단이 존재한다는 것을 어릴 적부터 알고 있었다.

그것은 상황을 얼버무리기 위해 우는 게 아니라 진심으로 울음을 터뜨린다고 하는 최강수단이었다.

“그런 걸 전부 알면서, 놀리는 거야? 가족으로서 내 마음을 헤아려주고 있는 거야……?”

“아아아아아~! 미안해! 미안해, 메구미이이이~!”

욕실 문이 힘차게 열고 안으로 뛰어 들어온 히로미가 욕조 안에서 울고 있는 메구미를 꼭 끌어안았다. 그 순간 메구미가 본, 언니의 절박한 표정은 왠지, 어제 『남친』이 보여준 표정과 똑같아 보였다.

※ ※ ※

“미안해, 메구미…….”

“……뭐가 말이야?”

“네가 힘들 때, 곁에 있어주지 못해서…….”

요일이 일요일로 바뀌었다. 도망칠 필요가 없어진 메구미는 자신의 방 침대에 들어가서 불을 껐다.

“아무에게도…… 자매에게만 말할 수 있는 네 고민을, 꼭 필요한 순간에 들어주지 못해서 정말 미안해.”

멀리 해야만 할 이유가 사라진 언니가 메구미의 방에 이부자리를 가지고 오더니, 어둑어둑한 방 안에서 사랑하는 여동생에게 말을 건넸다.

“……그것보다, 더는 이 일로 놀리지 말아줬으면 좋겠어.”

“아~, 그건 무리야. 절대 무리. 왜냐하면 이렇게 재미있는 이야기를 들어버렸는걸~.”

“정말…….”

“그것보다 축하해, 메구미.”

“뭘 말이야?”

“너도 그런 상대를 만난 걸 말이야.”

“……지금까지 좋았던 적은 딱히 없거든?”

"그 대신, 괴로웠던 적은 많았지? 그것도 연애에서는 꽤 중요해."

"정말……."

이틀 연속으로, 잠이 들며 달콤한 목소리를 흘리던 메구미는……『이게 버릇이 되면 안 되는데』 하고 생각하면서도, 그 기분 좋은 느낌에 몸을 맡겼다.

"그래~. 메구미도 드디어 남자를 진심으로 좋아하게 됐구나."

"아니거든?"

"아까까지 그렇게 사랑싸움과 애정행각을 이야기해놓고, 이제 와서 그런 소리를 하는 거야?"

"친구와 싸웠고, 어디까지나 친구로서 화해했을 뿐이야."

"게다가 그냥 무시하고 넘어가는 게 아니라, 딱 잘라 부정하게 됐네~."

"잘못된 정보를 올바르게 수정하려는 것뿐이야……. 이제 잘래."

"흐음. 애구나. 아키 토모야 군……."

"때로는 사람 말 좀 들으면 덧나기라도 해~?"

히로미는 이부자리에서 슬금슬금 나오더니, 텔레비전 선반 위에 놓여 있는 사진 액자를 손에 쥐었다.

그 안에는 고원으로 보이는 장소에서 찍은 남녀 다섯 명…… 남녀비율이 좀 편중된 동료들의 사진이 들어 있었다.

그 중에서도 자신의 여동생을 비롯해 네 명의 미소녀들

앞에서, 멋쩍은 듯이 허리를 굽히며 서있는…….

"……뭐, 갈고 닦으면 꽤 빛날 것 같은 소재네."

"내용물은 겉모습보다 더 문제가 많아."

언니가 현재의 가공 상황은 거론하지 않으며 애매한 평가를 내리자, 동생은 더욱 신랄한 평가로 하향수정을 도모했다.

하지만 그런 여동생은 꽤 자랑스러워하는 표정을 짓고 있었다.

"뭐, 앞으로 둘 사이에 무슨 일이 생기든 안심해도 돼. 오늘, 경사스럽게도 모든 사태를 파악한 이 히로미 언니가 네 상담 상대가 되어줄게."

"언니가 나를 놀릴 건수를 늘리는 건 좋지 않을 것 같은데."

"그럼 부모님과 상의할 거야? 오늘처럼 지금까지 있었던 일을 전부 다시 설명해야할걸?"

"그건 귀찮을 것 같아……. 게다가 아버지와 어머니는 성격이 느긋느긋하잖아."

"그럼 결정 난 거네! 또 토모야 군과 다투면 나한테 연락해. 고속철도로 바로 날아올게!"

"다투기만 바라는 소리 좀 하지 마……. 나, 꽤 힘들었단 말이야."

"아하하, 미안해. 그럼 네가 나한테 우는 소리를 하는 날이 없기를 빌며 기다리고 있을게."

"두 번 다시 그런 일을 없을 거라고 생각하지만 그런 일이 벌어진다면…… 잘 부탁해."

"응, 나만 믿어……. 그럼 잘 자, 메구미."

"응…… 언니도 잘 자."

※ ※ ※

"……참, 메구미. 혹시나 해서 말해두는 건데 말이야."

"응~?"

"우리 부모님 느긋한 성격인 건 맞지만 감은 좋아."

"그게 무슨 소리야?"

"저래 봬도 딸의 동향은 다 파악하고 있으니까, 조심하는 편이 좋을 거야."

"에이~."

"진짜거든? 내가 처음으로 그를 소개했을 때, 지금까지 했던 거짓말이 다 들통 났다는 걸 알고 완전 진땀 뺐지 뭐야."

"……뭐?"

극장판으로 이어지는 분기점

"메구미, 머리카락 잘랐구나."

"아~, 응."

4월 초순.

토요가사키 학원, 아니, 도쿄에 있는 대부분의 학교가 개학식을 하는 날.

"저, 저기, 혹시 실연……."

"그런 거 아냐. 굳이 따지자면 에리리와 얽힌 일 때문에 자른 거야."

"미, 미안해……."

개학식이 시작되기 전의 얼마 안 되는 시간에, 옥상에서 교정을 내려다보고 있는 두 소녀가 있었다.

한 사람은 오래간만에 단발머리로 되돌아간 머리카락을 흔들며 약간 꾸짖는 듯한 눈길로 상대방을 쳐다보고 있었고 다른 한 사람은 그 날카로운 눈빛을 받더니, 금발 트윈테일을 가볍게 흔들며 고개를 숙였다.

카토 메구미 그리고 사와무라 스펜서 에리리.

한순간 무너질 뻔 했지만 어찌어찌 다시 절친 사이로 되돌아왔다.

"아, 사과할 필요는 없어. 이제『그 일』은 신경 쓰지 마."

"하지만……."

두 사람이 이렇게 이야기를 나누게 되기까지, 짧은 기간 안에 상당한 우여곡절이 있었다.

그 우여곡절에 관해서는『시원찮은 그녀(히로인)를 위한 육성방법 ♭(플랫)』의 6화부터 최종화까지 걸쳐 자세하게 다루고 있으니 참조해줬으면 한다. 아무튼, 두 사람 사이에서 아직 어색한 분위기가 흐르는 것도 어쩔 수 없는 일이다.

"괜찮아. 토모…… 아키 군의 간곡한 부탁인걸."

"토모……?"

"아키 군."

"……."

"……."

"메, 메구미? 방금 그 말은 좀 이상하지 않아?"

"응? 뭐가 말이야?"

"그, 그게, 토모야가 부탁했으니까 용서한다니…… 메구미의 의지로 용서해주는 게 아닌 거야?"

"최종적으로는 내 의지지만…… 그래도 아키 군이 용서를 했는데 내가 용서를 하지 않을 이유는 없다고 생각했어."

"흐, 흐음, 그렇……."

"아키 군은 그렇게 엉엉 울 정도로 슬퍼했지만 그래도 앞으로 나아가려 하는 에리리의 등을 밀어줬는걸……."

"뭐? 울어? 토모야가? 메구미 앞에서?"

"아~, 방금 그 말은『너무』신경 쓰지는 않아도 돼."

"……."

"……."

그런데 이 두 사람은 어째서 이 단기간에 다시 절친 사이로 되돌아간 걸까……?

"그, 그런데, 토모야는 역시 그 일을 그렇게 신경 썼던 거야……?"

"으음~, 내 입으로는 뭐라 말할 수 없어."

"방금까지는 아무렇지 않게 늘어놨으면서?"

"……맞아. 겉으로는 허세를 부리고 있지만 말이야."

"그, 그랬구나……. 내 앞에서는 웃고 있었는데……."

"그 일에 대해서는 앞으로 서로가 납득할 수 있을 때까지 이야기를 나누는 편이 좋을 거야. 마침 같은 반이 됐으니까 말이야."

"그, 그래……. 맞아. 어차피 매일 얼굴을 마주할 거잖아."

오늘 아침, 교정 게시판에 붙어 있던 3학년 반배정표를 확인해보니, 에리리는 토요가사키에 들어오고 처음으로 토모야와 같은 반이 됐다.

"응, 맞아……. 시간은, 얼마든지 있어."

참고로 두 사람과 다른 반이 된 메구미는 게시판을 본 직후, 옆에 있던 토모야의 반응을 살폈다.

그리고 난처하면서도 기쁜 것 같기도 쓸쓸한 것 같기도 한 표정과 「드디어 카토와 다른 반이 되어버렸네……」라는 말을 받아들이는데 시간이 걸린 나머지, 몇 분 동안 꼼짝도 못했다는 것은 그 누구에게도 말할 생각이 없었다.

"결국 메구미와는 단 한 번도 같은 반이 되지 못했네."

"뭐, 같은 학년 학생 중 절반이 넘는 사람들과 그렇게 되잖아. 어쩔 수 없어."

"아아~, 메구미도 우리와 같은 반이라면 좋을 텐데……."

"……그래?"

"응. 그러면 토모야와 이야기를 나눌 때 다리 역할을 해줬을 거잖아."

"……."

"왜 그래?"

"아무 것도 아냐……."

그리고 반배정표를 보고 그런 복잡한 감정을 느꼈던 메구미는 초등학생에 버금가는 에리리의 둔감함…… 아니, 순수함을 눈부시게 느꼈고, 또한 마음 한편으로 미안하다고 생각했다.

평소에 우타하와 토모야에게 『메인 히로인이면서 감정 표현이 대충이다』라는 소리를 듣던 메구미지만, 에리리에게 자신의 감정을 어떻게 전하면 좋을지 몰라 항상 고생했다.

그렇기에 이해득실을 따지지 않는 듯한 에리리의 순수함에, 동경에 가까운 호의를 느끼는 거지만 말이다.

※ ※ ※

"그런데, 말이야. ……서클은 괜찮아?"

"응. 계속할 거야."

"그렇구나……."

"차기작의 기획도 세워졌어. 작년에 비하면 한 달 넘게 진척이 빠르네."

"작년에는 고생했어……. 그 녀석 초심자라서 기획서 하나 제대로 만들지 못했잖아."

작년 이 날, 이 시간 에리리는 종이 한 장 분량의 엉터리 기획서를 갈가리 찢었다.

"기획서가 겨우 완성된 것도 골든위크 직후였잖아."

"메구미의 노력 덕분이야."

"에리리가 코디네이트를 해주고, 카스미가오카 선배가 각본을 써준 덕분에……."

"하지만 그것도 결국은 메구미의 노력이 낳은 결실이야."

"응, 노력했어. ……나, 아무 이유도 없이 노력했다니깐."

"아하하……."

그때 메구미가 취한 행동의 이유에 대해서는…… 서로가 아직 이해도, 납득도 하지 못했다.

그저 그때, 우연히 휘말렸을 뿐인데도 별다른 이유 없이 최선을 다해 노력하는 여자애가 있었다.

그리고 그 여자애에게 영문도 모르게 끌려가듯, 다른 두 여자애도 이 일에 휘말리게 됐다.

"그러니까, 또 노력할 거야……. 새로운 멤버도 구할 수 있을 것 같거든."

"……설마, 하시마 이즈미를 영입하려는 건 아니지?"

"영입하면 안 되는 이유 자체가 없지 않아~?"

"으그극……."

그리고 지금도, 이 이유 없이 최선을 다하고 있는 여자애에게 휘둘리고 있는 이가 속출하고 있으며…….

"엄청난 재능을 지녔을 뿐만 아니라, 예전 서클을 관뒀다잖아. 게다가 토요가사키에 입학한다던걸?"

"하, 하지만, 그 녀석은 적이잖아? 얼마 전까지 『rouge en rouge』에서 우리와 대적했던……."

"그 애와 대적한 사람은 아마 에리리뿐일걸?"

"으그그그극……."

과할 정도로 열성적인 남자애의 열기 때문에 눈에 띄지는 않지만 그래도 그녀의 이 잔잔하면서도 눈에 띄지 않는 열기는, 이런 식으로 사람들을 끌어들인다.

"뭐, 뭐어, 7조 걸음 양보해서 하시마 이즈미의 영입은 허락하겠지만……."

"하겠지만?"

"자기도 모르는 사이에 하시마 이오리에게 서클을 빼앗기지 않도록 조심해."

"……이즈미 양의 오빠 말이야?"

원하던 원하지 않던 가리지 않고 말이다.

"메구미, 조심해. 그 녀석은 최악의 쓰레기거든. ……서클에 있어서도 여자에게 있어서도 말이야."

"하지만 우리 서클에 들어올 거라는 말은 못 들었어."

"들어올 게 틀림없거든?! 그 녀석이 매니지먼트를 하고 있는 여동생이 『blessing software』에 들어가잖아. 게다가 그 녀석이 예전 서클을 관뒀다는 소문이 있어."

"관뒀대? 그 사람, 『rouge en rouge』의 대표라고……."

"무엇보다, 『blessing software』에는 토모야가 있잖아?"

"……으음~?"

그렇다. 이때까지는…… 메구미는 에리리의 논리 전개를 전혀 이해하지 못했다.

"그 녀석은 토모야한테 지나칠 정도로 집착해."

"뭐, 그런 것 같기는 하던데……."

"하시마는 옛날부터 그랬어. 여자애와 적당히 노닥거리기도 하지만, 진심으로 흥미가 있는 건 토모야뿐인 것 같았다니깐."

"에이, 그건 기분 탓 아닐까?"

"아냐. 이건 동인 작가의…… 아니, 중학생 시절 동급생의 감이야!"

"으, 음~?"

"애초에 그 녀석의 현재 포지션이 문제야. 옛날 최대의 강적이 아군이 되는 건…… 완전 ○이의 대모험에 나오는 흉○이잖아? 피○스 잇○거든? 베○터 아냐?"

"저기, 에리리? 방금 한 말은 이해를 못하겠어. 너무 하이레벨인데다, 연대적으로 좀 무리야."

방금 에리리의 말이 하이 레벨에 연대가 오래됐다는 것을 메구미가 아느냐에 대해서는 일단 제쳐두기로 하고…….

"즉, 끝내주는 커플링용 소재란 말이야!"

"역시 동급생이 아니라 동인 작가의 감인 거네……."

그래도 메구미는 에리리의 말을 듣고 불길한 느낌을 받았다.

게다가…….

"그리고…… 만약 그 녀석이 서클에 들어올 경우, 가장 입지가 위험해지는 건 메구미야."

"……뭐?"

"안 그래? 하시마 이오리는 그림도 못 그리고, 시나리오도 못 쓰는데다 작곡도 못해. 그 녀석이 담당할 수 있는 건 프로듀스나 디렉션, 그러니까 대표인 토모야의 보좌…… 즉, 메구미의 포지션과 완전히 겹친단 말이야!"

"……어, 어~?"

에리리가 근거는 희박하지만 확신이 담겨 있는 발언을 입에 담자 메구미는 어찌어찌 무덤덤한 반응을 보이면서도, 미묘하게 목소리가 흔들리기 시작했다.

"그러니까…… 하시마 이오리를 조심해, 메구미."

"그, 그런 식으로 동료들끼리 다투는 건 좋아하지 않는데…… 우리 서클의 멤버가 된다면, 잘 지내는 편이……."

"메구미는 물러……. 나고야의 모 카페의 간판 메뉴, 단맛 ○차 오구○ 스파게티만큼 달아!"

"저기, 에리리? 그 비유는 이해가 잘 안 되거든?"

그 메뉴는 단맛보다 그런 요리의 존재 자체가 문제시된다는 점을 교묘하게 감춘 에리리는 메구미의 눈동자를 응시하면서 힘차게 말했다.

"그리고 메구미…… 이건, 내 부탁이기도 해."

"아……."

"나, 메구미만이 아니라 토모야도 걱정돼……. 그 녀석이 그딴 동인건달의 생각에 물들지 않도록 메구미가 토모야를 지켜줬으면 해."

"그래……. 에리리를 위한 일이구나……."

"응!"

『에리리를 위한 일』이라는 메구미에게 있어서의 『면죄부』는…….

"알았어, 에리리…… 나, 『너를 위해』 조심할게."

"고마워, 메구미……."

메구미의 우려를 그야말로 깔끔하게 없애줬다.

뭐, 그런 평범한 여자애의 마음을 『여러 의미에서』 순수한 에리리가 알 리 없지만 말이다.

※ ※ ※

"에리리는 어때? 일을 시작했지?"

"응……."

두 사람이 화해를 한 그 기념비적인 날, 에리리의 첫 상업 진출 작품인 『필즈 크로니클XIII』 프로젝트는 시작됐다.

"엄청 큰 기획에, 세간의 주목도 엄청난데다, 상사도 문제가 많은 사람이라고 들었는데……."

"으음~, 전부 부정할 수 없는 말이네~."

그것은 거대 게임 제작회사 마르즈에서 20년 넘게 이어지고 있는 인기 RPG 시리즈의 최신작이다.

게다가 이번 기획을 주도하고 있는 사람은 인기 크리에이터인 코사카 아카네다.

또한 그 코사카 아카네란 인물은 팬들에게 높이 평가받고 있지만, 자기 작품을 팔기 위해서라면 수단을 가리지 않는다고 한다. 그리고 작품 스태프에게 무리한 요구를 해댄 후에 헌 짚신짝처럼 버리기 때문에, 업계에서의 평판도 좋지 않았다.

"그래도 괜찮아."

하지만 에리리는 눈앞에 펼쳐진 마을의 풍경을 응시하며, 힘찬 목소리로 메구미에게 말했다.

"진짜 짜증나는 녀석인데다, 우리를 인간 취급해주지도 않고, 애초에 그 녀석은 인간도 아니지만, 그래도 계속 싸워 볼래……."

"정말 괜찮은 거야?"

"응, 괜찮아……. 그림만 그릴 수 있다면, 절대 지지 않아."

에리리의 표정은 자신만만했고, 꿈과 희망으로 가득 차 있었다. 하지만 약간 쓸쓸해 보였다.

"지금의 내 그림은 코사카 아카네에게도 지지 않아."

마치 각성한 자신의 능력이, 다른 크리에이터와 격렬한 화학반응을 일으키려 하는 현실을 즐기고 있는 것 같았다.

"솔직히 말해 일러스트레이터가 만화가한테 그림으로 지면 존재의의가 없는걸."

그것은 미래에 자신이 참여한 작품이 세상에 나온 순간, 접하게 될 세간의 경악과 찬사를 상상하고 있는 것 같았다.

"그러니까, 하다못해 그림으로는 그 괴물에게 질 수 없어."

그리고 과거…… 그림을 그리지 못했던 괴롭고, 슬프지만,

상냥했던 나날을 그리워하는 것만 같았다.

"무엇보다, 내 옆에는 카스미가오카 우타하가…… 카스미 우타코가 있어."

그 말을 입에 담으면서 에리리가 지은 다양한 감정을 떨쳐낸 듯한 그 개운한 표정을 메구미는 똑똑히 보았다.

"마음에 하나도 안 들고 독설가에 속이 시꺼먼 여자가 옆에 있어."

그리고 그 말을 들은 순간, 메구미가 느낀 다양한 감정이 자아낸 생생한 쓸쓸함을 에리리는 미처 보지 못했다.

"그러니까, 무섭지 않아. 괜찮아……."

"……카스미가오카 선배를 진심으로 신뢰하고 있구나."

"그렇지 않아! 그 녀석은 면역을 만들기 위해 독이야! 예방주사 같은 거란 말이야! 코사카 아카네에게 대항하기 위해선, 그 음험함이 필요해!"

"후후, 그렇구나. 그럼 됐어……. 아니, 잘 된 거야."

그래서 그 순간, 메구미가 자신의 마음을 담아 지은 그 가벼운 미소에는 그녀다운 무덤덤함과 그녀답지 않은 복잡함이 동시에 내재되어 있었다.

그녀는 토모야가 예전에 느꼈던 무력함을 며칠이라는 시간을 거치며 맛보고 있었다.

함께 꿈을 좇는 동지가 될 수 없는 그저 꿈을 응원할 수밖에 없는 절친에 불과하다는 자신의 처지를 실감한 것이다.

"에리리는 카스미가오카 선배와 함께 힘내. 서클은 나와 아키 군, 둘이서 어떻게든 해볼게."

"……양쪽 다 닮은 구석이 없는 콤비네."

"대신, 서로의 부족한 부분을 보완해줄 수 있을 거야……."

하지만, 메구미가 느낀 것은 쓸쓸함만이 아니었다.

"……메구미와 토모야도 그래?"

메구미는 에리리의 동지가 되지 못했지만, 자신이 동지가 되어줄 수 있는 사람이 곁에 있는 것이다.

"뭐, 우리도 에리리와 카스미가오카 선배에게 버림받지 않도록 나름 열심히 해볼게."

에리리와 우타하가 진심으로 되고 싶어 했던 이의 파트너가 될 자격이 자신에게만 있는 것이다.

"……그쪽 걱정은 딱히 안 해."

"아하~, 그런가요~."

메구미는 에리리가 진심으로 걱정하고 있는 게 뭔지 아는 것 같은 반응을 보이며 시치미를 뗐다.

그래서 결국 『그 걱정에 어떻게 답할 것인가』에 관한 진상은 어둠…… 아니, 메구미의 내면에 가라앉았다.

그것은 쓸쓸함을 느낀 메구미의 복수일까.

아니면, 에리리를 향한 배려일까. 아니면 염려일까.

하지만, 배려나 염려를 한다는 건 곧……?

※ ※ ※

"곧 개학식이 시작되겠네."

"응."

메구미가 손가락으로 가리킨 곳을 쳐다보니, 체육관으로 이어지는 통로가 사람들로 붐비고 있었다.

시계를 보니, 개학식이 시작되는 오전 아홉 시 5분 전이었다.

"에리리, 갈까?"

"응. 가자, 메구미."

그래서, 두 사람은 걸음을 내디뎠다.

그것은 개학식이 열리는 체육관을 향한 걸음도…….

3학년을 향한 걸음도 아니었다.

그것은 원래의(원작) 미래와는 다른 아직 보이지 않는, 처음으로(극장판으로) 내딛는(이어지는) 길을 향한 걸음이었다.

그녀들의 결별과 화해가 간단히 평화롭게 그리고 아주 어렴풋이 마음을 감추며 종결된 순간, 세계는 미세한 변화를 맞이했다.

그 길에는 상상치 못한 고난이 존재할지도 모른다.

상상도 못한 선택 그리고 믿기지 않는 결말이 기다리고 있을지도 모른다.

"아……."

"메구미, 왜 그래?"

"저 사람, 아키 군 아냐?"

"뭐? 어디 있어?"

"저쪽 좀 봐. 체육관에서 나와서 학교 쪽으로 돌아가고 있어……."

"아, 진짜네. 저 녀석, 뭐하는 거야?"

"혼자만 다른 사람과 반대 방향으로 가고 있네."

"그것도 저렇게 허둥지둥……."

"무슨 일일까? 두고 온 거라도 있는 걸까?"

"개학식에 뭔가를 챙겨갈 필요는 없지 않아?"

"그럼 누군가를 찾는 걸까?"

"대체 누구를…… 아."

"……."

"……."

"에리리, 겠지?"

"아, 아니야. 메구미일걸?"

"하지만 지금 같은 반인 사람은 에리리잖아."

"그, 그래도 메구미는 2년 동안 같은 반이었잖아."

"그래도 내가 태연하게 이야기를 나누게 된 건 2학년 때부터야."

"그렇게 치면, 나도 몇 년 동안 말 한 번 섞지 않았어."

"그래도 아키 군이 나를 걱정해준 적은 한 번도 없잖아?"

"……."

"……."

"맞아. 역시 토모야는 나를 찾는 걸지도 몰라."

"아~, 그렇지는 않을지도 모르겠네. ……아키 군이 나를 찾더라도 이상할 건 없어."

"메구미! 왜 갑자기 말을 바꾸는 거야?!"

"아니, 얼마 전에 아키 군과 좀 거리를 뒀을 때 말이지? 나를 꽤 신경 쓰는 것 같았거든."

"그건 네가 하도 화를 안 푸니까 그런 거잖아! 그리고 두 달 넘게 무시해놓고 좀 거리를 뒀지? 진짜 어른스럽지 못하다니깐!"

"에리리한테 어른스럽지 못하다는 말을 듣고 싶지는 않네. 그리고 너무 신경 쓸 필요는 없지 않아? 아키 군이 찾는 사람이 누구든 아무래도 상관없는걸."

"그럼 『나를 찾는 걸로』 깔끔하게 정리하면 되겠네."

"……으음~, 좋아. 그런 걸로 해."

"그러니까! 왜 그렇게 질색하는 건데?!"

……뭐, 어쩌면 크게 달라지지는 않을지도 모르지만 말이다.

■작가 후기

안녕하십니까. 마루토입니다. 『시원찮은그녀(히로인)를 위한 육성 방법』, 팬 디스크 제2탄(이하 FD2)을 여러분에게 전해드립니다.

이 책에 수록된 작품들은 TV애니메이션 1기, 2기의 BD/DVD 패키지에 들어간 특전소설, 그리고 신작 단편 하나로 구성되어 있습니다.

원래는 신작 단편을 여러 개 쓰거나 중편 분량을 써서 신작의 비율을 높이고 싶었습니다만 특전 소설의 분량이 의외로 많아서 신작을 위한 분량이 얼마 안 되지 뭡니까. ……진짜거든요? 뭣하면 편집부에 제 말이 사실이라는 코멘트를 부탁할까요? 뭐, 그랬다간 「그럼 완전 신작인 시원그녀 신간을 낼래? 아앙?」 같은 소리를 들을 테니 이 이야기는 이쯤에서 끝낼까 합니다.

아무튼 이 작품들을 쓸 당시에는 애니메이션 방영 시기와 겹쳐서 「겨우 각본을 다 썼는데, 이번에는 특전소설을 써야 하는 거냐!」 하고 원한에 찬 절규를 터뜨렸죠. 하지만 술자리에서 저의 이 푸념을 들은 미사키 씨가 「저는 매달 패키지

표지 신규 일러스트를 그리고 있을 뿐만 아니라, 매장 특전 신규 일러스트도 그리고 있는데요」 하고 대꾸하셨던 건 지금 생각해보면 즐거운 추억입니다.

그럼 이번 FD 2권의 내용에 관한 언급은 — 재수록 작품이 대다수인 만큼 — 할애하겠으며, 작년 말의 극장판 제작 결정 발표 이후, 드디어 공개된 속보에 대해서 이야기할까 합니다.

판타지아 문고 대감사제 2018년에 발표된 대로, 타이틀은 『시원찮은 그녀(히로인)를 위한 육성방법 Fine(피네)』입니다.

Fine(피네)란, 제2기의 ♭(플랫)과 마찬가지로 음악 기호 시리즈이며, 그 의미는…… 뭐, 검색해보시면 나올 겁니다.

공개 시기는 아직 멀었습니다만, 그 사이에도 최선을 다해 전개해나갈 예정이니 — 주로 애니플렉스 측과 KADOKAWA 측이 — 이 Fine한 축제를 즐겨주시면 감사하겠습니다.

그럼 이번에는 후기 페이지도 얼마 안 되니, 이쯤에서 감사인사를 드릴까 합니다.

미사키 씨, 여기까지 와서 또 신 캐릭터의 디자인을 요청드려 죄송합니다. 참고로 『그녀』가 현재 살고 있는 하마마츠는 카토 가문의 본적지이며, 메구미의 『화가 치솟는다』는 말도 그 지방 특유의 표현입니다만 이제 와서 설명해봤자 딱히 의미는 없겠죠.

그럼 언제 다시 뵙게 될지는 아직 모르겠습니다만, 일단 극장판을 통해 다시 찾아뵙겠습니다.

2018년, 늦가을 마루토 후미아키

【최초 수록】

본서는 TV애니메이션 『시원찮은 그녀(히로인)를 위한 육성방법』, 『시원찮은 그녀(히로인)를 위한 육성방법 ♭(플랫)』

의 Blu-ray&DVD 완전 생산 한정판 특전의 소설에 수정 및 신작을 더한 것입니다.

■역자 후기

안녕하십니까. 근로청년 번역가 이승원입니다.

『시원찮은 그녀를 위한 육성방법』 FD 2권을 구매해주셔서 진심으로 감사드립니다.

……완결이 난 작품의 후속권을 통해 이렇게 찾아뵙게 될 줄은 꿈에도 몰랐습니다.

아니, 극장판 발매 소식을 접하고 왠지 또 소설이 나올 것 같은 느낌은 받았습니다만, 그래도 이렇게 현실이 될 줄은 꿈에도 몰랐습니다.^^

거의 1년 반만에 작업하는 시원그녀 소설이라 서먹할 줄 알았습니다만, 틈틈이 시원그녀 코믹스를 번역한 덕분에 그렇지만도 않았습니다. 그래도 소설이라는 형태로 오래간만에 만난 우타하 선배와 에리리, 그리고 갓토 양(^^)은 정말 좋군요! 특히 마지막 에피소드 2연타가 정말 최고였습니다!

화해를 한 카토와 토모야가 한 집에서 알콩달콩하는 부분은 시원찮은 히로인의 시원찮지 않은 매력이 물씬 느껴져서 정말 끝내줬고, 그 이벤트 후에 귀가한 카토를 기다리고 있는 이번 권 표지 캐릭터의 파괴력은 상상을 초월했습니다. 예전부터 언급이 되었던 카토의 언니가 어떤 사람일지 정말 궁금했는데, 이렇게 막강할 줄은……!

이런 매력적인 캐릭터가 이제나 나왔다는 점이 정말 아쉽게 느껴집니다.

머지않아 개봉될 극장판에서 깜짝 출연할 가능성도 있으니, 역시 극장판을 보러 가야겠습니다!

여담입니다만, 토모야와 카토의 카레 논쟁 파트를 밤에 번역하다 카레가 너무 먹고 싶어서 한밤중에 카레를 만들었습니다. 그리고 너무 늦은 시간이라 방치해둔 후, 다음날에 먹었는데…… 참 맛있더군요. 독자 여러분도 카레에 도전에 보시죠!

그럼 이만 줄이겠습니다.

이 작품을 저에게 맡겨주신 L노벨 편집부 여러분. 이번에도 폐 많이 끼쳤습니다. 앞으로도 잘 부탁드립니다.

새로운 단골 돼지국밥집을 찾기 위한 국밥로드(?)에 함께 해주고 있는 악우들이여. 새로운 국밥 정보를 바쳐라……. 아니, 제발 알려주세요. 요즘 돼지국밥 안 먹으니, 살맛이 안 나요.ㅠㅜ 김치&깍두기 맛있고, 국수사리 주문 즉시 삶아주며, 고기도 튼실한 그런 돼지국밥집이면 돼요…….

마지막으로 언제나 제게 버팀목이 되어주시는 어머니와

『시원찮은 그녀를 위한 육성방법』을 읽어주신 모든 분들에게 진심으로 감사드립니다.

『시원그녀』 신작을 통해 독자 여러분과 다시 만날 수 있기를 진심으로 빕니다!

2019년 7월 초

역자 이승원 올림

시원찮은 그녀를 위한 육성방법 FD 2

초판 1쇄 발행 2019년 8월 10일

지은이_ Fumiaki Maruto
일러스트_ Kurehito Misaki
옮긴이_ 이승원

발행인_ 신현호
편집국장_ 김은주
편집진행_ 최은진 · 김기준 · 김승신 · 원현선 · 권세라
편집디자인_ 양우연
국제업무_ 정아라 · 전은지
관리 · 영업_ 김민원 · 조인희

펴낸곳_ (주)디앤씨미디어
등록_ 2002년 4월 25일 제20-260호
주소_ 서울시 구로구 디지털로 26길 111 JnK디지털타워 503호
전화_ 02-333-2513(대표)
팩시밀리_ 02-333-2514
이메일_ lnovelpiya@naver.com
L노벨 공식 카페_ http://cafe.naver.com/lnovel11

ISBN 979-11-278-5164-4 04830
ISBN 979-11-278-4216-1 (세트)

값 7,000원